慌てて顔を上げると、
そこには見覚えのある黒い仮面があった。
「ユージーン様!?」
「動くと落ちるぞ」
「え?」
そこでようやくメイベルは、
自分が空を飛んでいることに気づいた。

「メイベル……」
「……！」
メイベル
イクス王国第五王女。
ユージーンの「婚約者」!?
ユージーン
元型《アーキタイプ》
『アニマ』の仮面魔術師。

ロウ
元型『トリックスター』の
仮面魔術師。
ユージーンの（自称）友人。
女の子大好き！
「おっと。出直した方が良かったかな？」
「ご、ごめん！おれ、見ないようにするから……」
ムタビリス
元型『シャドウ』の
仮面魔術師。メイベルとは
不思議な縁が……!?

「お前がメイベルか。待ちくたびれたぞ！」
「迎えに来た。共にキィサに帰ろう」
アマネ
別大陸の王国・
キィサの第八王子。
メイベルの婚約者と
自称するが……!?

推定年齢120歳、
顔も知らない婚約者が実は
超絶美形
でした。
［著］シロヒ
［イラスト］先崎真琴
Suitei nenrei 120 sai,
kao mo shiranai konyakusya ga
jitsuwa cyozetsu
bikei deshita.

# CONTENTS

Suitei nenrei 120 sai, kao mo shiranai konyakusya ga
jitsuwa cyozetsu bikei deshita.




［イラスト］先崎真琴
［デザイン］百足屋ユウコ＋フクシマナオ（ムシカゴグラフィクス）

# 第一章　五人の姫と婚約者

イクス王国には五人の姫がいた。


一番目の姫は戦姫《せんき》。剣を取らせれば並の男ではかなわない。

二番目の姫は歌姫《うたひめ》。その声はセイレーンに勝るとも言われている。

三番目の姫は美姫《びき》。王子様に騎士団長、流した浮名《うきな》は数知れず。

四番目の姫は奏姫《かなでひめ》。ピアノにヴァイオリン、彼女が奏でるは至上の音楽。

五番目の姫は——ええと、なんだったかな。


「メイベル〜ちょっとお願い〜！」

三番目の姉の情けない声を聞き、末っ子のメイベルは急いで彼女の部屋へ駆けつけた。

「キャスリーンお姉様、いったいどうしたの⁉」

「髪の毛が絡まってしまったの。どうしましょう、これからゲオルグ様とデートなのに」

部屋に入ると、化粧台に座りこちらを振り向くキャスリーンの姿があった。

周囲にはあわあわと青ざめた使用人たちがおり、どうしたものかと手を出しあぐねている。どうやらその美しい金の髪に髪飾りが絡まってしまったようだ。

「はいはい、ちょっと代わりますね」

使用人たちに失礼します、と笑顔で応じ、姉の後ろに立つ。

鏡越しに見るキャスリーンの緑色の目は潤んでおり、頬は薔薇色《ばらいろ》に色づいていた。ほとんど化粧をしていないようだが、その色気だけで何人かの王子が求婚に来そうなほどだ。

メイベルは髪に絡まっている飾りを手に取り、丁寧に一本ずつ解いていく。

金色の髪は上質な絹糸のようで、自分の髪とは艶《つや》やかさも柔らかさも全然違った。さすが美姫と名高いキャスリーン、とメイベルは心の中で感心する。

「はい、これで大丈夫」

「ありがとうメイベル、やっぱり頼りになるわ」

嬉《うれ》しそうに微笑《ほほえ》むキャスリーンに、メイベルはどういたしましてと返す。

そこにまた別の使用人が飛び込んできた。

「メイベル様！　すみません、クレア《第二王女》様がアレはどこにあるのかとお呼びで」

「氷室《ひむろ》に喉に良《い》い蜂蜜ジュースがあるわ。それを運んでちょうだい！」

「メイベル様〜！　ガートルード様がご帰宅なされたんですが」

「今行くわ！」

慌てて玄関に向かうと、長姉が趣味の狩りを終えて帰ってきたところだった。

黒くしなやかな髪、黒い瞳を持った一番上の姉――ガートルード。

体には騎士団員と同じ装備を纏《まと》っており、腕からは真っ赤な血を一筋流している。それを見た使用人たちはやれ消毒だ包帯だと彼女を取り囲んでいた。

だが当のガートルードは周囲の慌ただしさには目もくれず、階段上にいるメイベルに向かって豪快に手を振る。

「メイベル！　こないだ食べたいと言っていた白鹿、捕ってきたぞ」

「お姉様……。確かにおいしかったからまた食べたいとは言いましたけど、こんな怪我《けが》をされてまで欲しいとは言っていません……」

「はは、大した怪我じゃない。気にするな」

そう言って笑うガートルードの爽やかさときたら。

もし男に生まれていれば、国中の女性から絶大な人気を得ていたことだろう。

「そういえばファージーがメイベルを探していたぞ？」

「あっ忘れてた、今から行くわ！」

四番目の姉ファージーは、来月サロンでピアノの新曲発表会を行う予定だ。他国からも多くの著名人が訪問する一大イベントで、そこに着ていくドレスについて相談されていた。

慌てて走っていくメイベルを見送りながら、ガートルードはやれやれと苦笑する。

イクス王国のお城には、五人の姫が一緒に暮らしている。

彼女たちは武芸や歌唱、芸術など、それぞれ何か秀でた特技を持っており、「神に祝福された姫君たち」として有名だった。

しかしただ一人。

五番目の姫・メイベルだけは、他の四人と違って特に目立った才能を持っていなかった。

何の変哲もない茶色の髪に、平凡な緑色の目。

それなりに可愛《かわい》らしい顔立ちをしているのだが、美姫と呼ばれる三女を筆頭に、それぞれ個性的な美しさを持つ四人の姉たちと並ぶと、どうしても見劣りしてしまう。

国同士の交流会、舞踏会、発表会と、才気あふれる四人の姉は大忙し。

そんな彼女たちのお世話に、お城の使用人たちは更に大わらわ。

気づけばメイベルは、そんな使用人たちのお手伝いをして過ごすようになってしまった。

◆

「はあ～……ようやく終わった……」

「メイベル様、今日もお疲れ様です」

メイベルがキッチンに入ると、一足先に休憩に入っていた使用人たちと、料理長が焼いたクッキーの匂いが温かく出迎えてくれた。

「メイベル様、先ほどは本当に助かりました」

「ううん、いつものことだから。キャスリーンお姉様の髪は柔らかいから、すごく絡まりやすいのよね」

先ほどキャスリーンの傍《そば》で慌てていた使用人たちが、申し訳なさそうにお礼を言いに来るのにメイベルは笑顔で応える。

四人の姉たちはそれぞれとても優しいのだが、少し気まぐれだったり涙もろかったりで、使用人たちが手を出しあぐねることも多い。そんな時、妹のメイベルが間に入ることで、お互いなんとなく平和に解決するのだ。

その分振り回されるメイベルは大変だが、彼女自身、困ってる人がいると手を出さずにはいられない性格のため、今の状態に不満を持つことはなかった。

ただ結果として、周りからは貧乏くじを引かされていると思われるらしい。

「最初は『お姫様を働かせるなんて』って思っていたんですけど……」

「いいのよ。私はこうして動き回っている方が、性に合っているみたい」

「メイベル様は優しい御方ですしね」

「お姫様らしくはないけど、メイベル様はそれでいいんじゃないですか」

「まあ、誰がお姫様らしくないですって？」

きゃはは、と小鳥がさえずるような笑い声を聞きながら、メイベルはテーブルの中央に並べられたクッキーを手に取った。

姉たちの用事が少しだけ落ち着く午後。

こうして使用人たちとお茶をする時間が、メイベルはたまらなく好きだった。

紅茶もようやく準備が整い、甘い豊かな香りが鼻をくすぐる――そんな幸せの最中に、慌ただしくキッチンのドアを開ける音が響いた。

「またこんな所にいらっしゃいましたか、メイベル様」

「トラヴィス、どうしたの？」

現れたのはメイベルの父・リヒト国王の補佐として働いているトラヴィスだ。

まだ年若いが優秀な人物で、まっすぐな長い銀髪と濃い灰色の目。銀縁の眼鏡。首からはシンプルなペンダントを下げている。

彼は使用人の中に交ざるメイベルの姿を見つけると、くいっと眼鏡を押しあげた。

「メイベル様の婚約が決まりました」

「……？」

告げられた言葉が理解できず、メイベルはついそのまま復唱する。

「婚約が決まりました？」

「はい」

「誰の？」

「メイベル様です」

何度か瞬《まばた》きをし、トラヴィスの言葉を脳内で繰り返す。

婚約。私の。

一方使用人たちは、突然の事ながらこれはめでたいと口々に祝った。

「おめでとうございます、メイベル様！」

「ついに婚約なんですね！　良かった……！　十六歳を超えたというのに、浮いたお話のひとつもなくてどうしたものかと、使用人一同不安に思っておりました」

「良かったですねメイベル様！　なあにメイベル様ならどんな貴族相手だろうと、上手《うま》く立ち回れますって」

「ちょっと待って。皆の中で私の評価どうなってるの⁉」

確かに上の姉たちは早々と婚約が決まっていくのに対し、目立たないメイベルはなかなか相手が決まらないと噂《うわさ》されているのは知っていた。一説によると末娘を手放すのを惜しんだ国王が、相手を決めるのに渋っているのでは、という話もあったのだが。

おめでとう、いやあほんと良かった、とお祝いムード満載のキッチンで、トラヴィスだけが冷静に言葉を続ける。

「お相手は『仮面魔術師』のユージーン様です」

次の瞬間、先ほどのお祝いムードが一転して葬儀のような空気に変わった。

「メイベル様……おかわいそうに……」

「トラヴィス様、その婚約なかったことには出来ませんの？」

「メイベル様、辛《つら》くなったらいつでも帰ってきていいんですからね」

「だから何、どういうこと⁉」

突然の変わりようにメイベルは狼狽《ろうばい》する。

「だって『仮面魔術師』のユージーン様って……」

「ずっと仮面を着けていて、誰もその素顔を見たことがないとか」

「興味本位で彼の館に近づいた者がうっかりその素顔を見てしまい、その場で昏倒《こんとう》したとか」

「私の曾祖父《そうそふ》が小さい頃から、イクス王国の端に住んでいたと聞いたことがありますが……。それが本当なら百二十歳をとうに超えているかと……」

「そうなの⁉」

使用人たちから聞かされる惨聞に、メイベルの顔から徐々に血の気が引いていく。

（仮面魔術師……。私も名前くらいは知っているわ……）

遥《はる》か昔、人々は「魔術」と呼ばれる奇跡を使うことが出来た。

何もないところから火を起こしたり、風を生み出したり、あらゆる現象を起こすことのできる技。それを使うには「魔力」が必要で、それは人が皆生まれながらにして、大なり小なり持っているものだった。

だが時代が進んでいくにつれ、魔力は人によって大きな偏りを見せ始めた。

強いものはより強く、弱いものは更に弱く。結果として、魔術を使えるほど強い魔力を持つ者は、大陸の中でもごく少数になってしまったのだ。

そんな魔術を使える者をいつしか「魔術師」と呼ぶようになった。

長い時間をかけて凝縮された彼らの魔力は実に強大で、魔術師一人で国一つを滅ぼすことが出来るとすら言われている。そのため、彼らは自分たちの力が利用されることを厭《いと》い、表舞台からひっそりと姿を消した。

さらにいつからか、彼らは揃《そろ》って仮面を着けるようになり――

その外見から「仮面魔術師」と呼ばれるようになったという。

（噂では、イクス王国の外れに一人で住んでいると――）

仮面を着けているため、彼らの外見や実年齢を知る人間はまずいない。

さらに先ほど使用人の一人が言った通り、彼らの顔を見た瞬間、気を失ったり記憶を無くしたりで、はっきりとした容貌を覚えていられないらしいのだ。

おまけに彼らは非常に長命で、いったい何十年生きているのか分からない。

メイドたちの話が本当だとすれば、相手はかなり高齢のはずだ。

（百二十歳って……どんなおじいちゃんよ！）

放心状態のメイベルをよそに、トラヴィスはさっさと決定事項を述べた。

「それでは二ヵ月後、ユージーン様の館に行っていただきます。場所は調べてありますので」

「に、二ヵ月後ですか⁉」

「はい。準備などがありますから」

早すぎる、というつもりでメイベルは言ったのだが、トラヴィスにはそう取られてはいないようだ。取り付く島もない、とメイベルは心の中で肩を落とす。

（それにしたって、どうして結婚相手に魔術師を選んだのかしら……）

一国の姫である以上、ある程度の政略結婚は仕方ない。

しかしいくら選択権がないとはいえ、それなりの相手——例えば侯爵位を持つ家や辺境伯、他国の王子など、ある程度の地位や家柄がある男性が選ばれるものではないだろうか。

だが『仮面魔術師』には、領地もなければ地位もない。

そうした政治や血統から一番離れた存在である。

(私はついに結婚ですら、役に立たないとみなされたのかも……)

憐《あわ》れみの目をした使用人たちを残し、メイベルはキッチンを後にする。自室までの長い廊下をとぼとぼと歩いていると、前を歩いていたトラヴィスが口を開いた。

「実はメイベル様の婚約には、我が国にとってとても重要な役割がございまして」

「……？」

「実は少し前から、ウィスキ帝国が急な軍備強化をしているという情報があります。武器や備蓄以外にも、何やら特殊な兵器を導入したと」

「ウィスキが？」

ウィスキはイクス王国の北方に位置する軍事国家だ。

寒冷な気候のため農耕や牧畜に不向きで、大した鉱山資源もない。そのため優れた傭兵《ようへい》を育成し、他国に派遣することで国家としての生計を立てていた。

「知っての通り、我が国はウィスキからの侵略にたびたび晒されてきました。今回の軍備強化も、侵略が目的だとするならば、悠長に構えている暇はありません。ですがすぐに対抗できるほどの軍備をと言われても、そうそう準備が間に合うものでは――」

そこで、とトラヴィスが咳《せき》ばらいをする。

「とある公爵家から『仮面魔術師の力を借りてはどうか』という提案がございました」

「力を……借りる？」

「要はその――仮面魔術師が我が国の王女殿下と結婚すれば、妻の母国であるイクス王国を無条件に守ってくださるのではないかと」

（それ……本気なの？）

言葉をしっかりと理解した後、メイベルは頭が痛くなるのが分かった。

確かにイクス王国は領土も小さく、美しい街並みを基盤とした観光業や、羊を中心とした畜産業で細々と保たれている国だ。今すぐ防備を整えるような予算はない。

しかし隣国の脅威を王女の結婚一つで防ごうとは、さすがに甘すぎるのではないだろうか。

「もちろん他の策も講じております。ですが、しないよりはしておいた方がいい――という意見がございまして。ただどなたにお願いをすればいいかとなりました時に、まずはメイベル様からということに」

（そりゃ確かに、私がいちばん都合がいいでしょうけど……）

長女ガートルードと次女クレアには既に婚約者がいる。

三女のキャスリーンと四女のファージーにも恋仲の相手がいるはずだ。

その点メイベルは未《いま》だ相手もおらず、末姫ということもあって国政への関与も少ない、と見事白羽の矢が立ったらしい。

うっかり納得しかける自分に首を振り、メイベルはトラヴィスに尋ねる。

「そもそもこんな理由での婚約、お父様が了承したの？」

「いえ。リヒト陛下はまだご存じではありません。大変お優しい方ですので、このような計画を知れば即座に否定なさるでしょう」

「だったら――」

「では他に、国を守るための良い方法があるとおっしゃるのですか？」

「そ、それは……」

「隣国の脅威に晒《さら》され、国内は最近非常に不安定な状態が続いております。それなのに議会で力を持つ公爵家からの提案を、陛下が私情で切り捨てたとなれば、いよいよ王家に対する不信は募るばかりでしょう」

「………」

父親として娘を守りたい、という心境は分かる。

だがメイベルたちは王族なのだ。その結婚は可能な限り、国家の繁栄と安寧に繋《つな》がるものであることが望ましい。

メイベルが返す言葉を失っていると、トラヴィスが軽く微笑んだ。

「それに実はまだ、正式な婚約ではないのです」

「は？」

聞けば仮面魔術師あてに文書を出したものの、まだ返事が返ってきていないとのことだった。

そんな状態でよく二ヵ月後に行けという結論に行きついたわね、とメイベルは少し怒りを感じ始める。

「正直なところ、仮面魔術師が結婚をしたという話は今まで聞いたことがありません。そのためメイベル様にはまずユージーン様と親しくなって、婚約を了承していただくところから、始めていただくことになります」

「ずっと思っていたんだけど、計画がめちゃくちゃすぎない⁉」

「ですがそうして『メイベル様が』『自ら望んで』、仮面魔術師との婚約を希望している――とリヒト陛下にお伝えいただければ、きっと陛下も無下にはなされないでしょうし」

「……っ」

ウィスキが力をつけてきている今、何も行動しないというのは国民が納得しない。とはいえ国家防衛のために王女を売り渡す、というのも体面が悪いと判断した。

だから『己の意志』で動いたと見せるように、秘密裏に話を進めておく――要は『根回し』だ。

「……このお話、私が断ったらどうなるんですか」

「その場合は、まだ正式な婚約者がおられない三女のキャスリーン様か、四女のファージー様にお願いしようと思っています」

その返事にメイベルは苦虫を噛《か》みつぶしたような顔になった。

キャスリーンはここ数日、騎士団長のゲオルグ様にご執心だ。

そうでなくても恋多き女性で、落とされた男性は数知れず。そんな女性を仮面魔術師に差し出したとなれば、国中の男性が暴動を起こしかねないだろう。

ファージーも既に恋人とされている男性がおり、メイベルも紹介されたことを覚えている。

音楽のこと以外控えめで、あまり自分の気持ちを見せない四番目の姉が、その時だけは本当に幸せそうに彼の隣で微笑んでいた。その姿を見て、メイベルはたまらなく嬉しい気持ちになったのを覚えている。

そんな彼らを引き離すなんて、とてもではないが出来るはずがない。

「……分かったわ。私が話をしに行きます」

「そう言ってくださると思っていました」

悩みに悩んで絞り出したメイベルの結論を、トラヴィスはさも予見していたかのようにあっさりと受け取った。この王佐、顔はいいのに性格だけは本当に食えない。

かくして五番目の姫は、国を守ってもらうという極秘任務を達成するため——顔も知らない怪しい『仮面魔術師』の元へ嫁ぐことになったのであった。

# 第二章　破かれた誓約書

栗毛《くりげ》の愛馬・アルフレッドを長姉直伝の馬術で駆ること約半日。

メイベルはようやく、イクス王国の東の端にある森に到着した。

来た理由は他でもない。

未《いま》だ返事のない婚約者候補――『仮面魔術師』と会って直接話をするためだ。

（トラヴィスの話では、この森の奥に住んでいるということだけど……）

長い髪を一つに縛り、普段城で着ている豪華なドレスではなく長袖長ズボン。

およそ王女らしからぬ格好で、メイベルは身軽に地面へと降り立った。

後ろに乗せていた半泣きの専属メイド・ウィミィに手を貸す。

「メイベル様、もうやめましょうよー！　返事が来るのを待ってからでもいいじゃないですか」

「だって、もし本当に『婚約を了承』されてしまったら、すっごいおじいちゃんと結婚することになるのよ！　そんなの嫌よ！」

（大体、トラヴィスが言う『結婚したからイクスを守ってくれる』なんて、本当に実現するかも分からないじゃない！）

ガートルードのように強ければ、脅してでも協力させられるだろう。

キャスリーンのように美しければ、その魅力で彼を骨抜きにしてしまうかもしれない。

だがメイベルはそんな武力も魅力も、何なら芸術力すらもないのだ。

それなのに、世界にわずかしかいない希少な魔術師が『婚約者だから』という理由だけで、ほいほい自分の言うことを聞いてくれるわけがない。

（そんな不確かなものに、自分の一生を捧《ささ》げるのは絶対嫌！）

しかし魔術師から力が借りられれば、イクスを守る大きな盾となるのは間違いない。

そこでメイベルは『婚約』ではなく、単に『契約』として話が出来ないかと考えたのだ。

（きちんと理由を説明して、イクスのために協力してもらうのよ。もちろん、ある程度の対価は必要になるだろうけど……。そもそも相手の好意を利用して、ただで働いてもらおうっていう方が失礼だわ！）

もちろんこんな計画がバレたら、トラヴィスに即刻連れ戻されてしまう。

だから彼に気づかれるよりも早く、魔術師と直に交渉する必要があった。

（今住んでいる国が危ないと分かれば、いくら魔術師とはいえ力を貸してくれるはず！）

メイベルは改めて、目の前に広がる深い森を睨《にら》みつけた。巨大な木々が日差しを遮っており、全体的に薄暗い。秋口の爽やかさなどどこ吹く風だ。

（うう、不気味な森……）

岩にはびっしりと苔《こけ》が生えており、雑草が足の踏み場もないほど地面から伸びていた。

奥からはよく分からない鳥の鳴き声も聞こえてきて、隣にいたウィミィが不安そうにメイベルを見つめる。

「ほ、ほんとに行くんですか……？」

「も、もちろん。ちゃんと事情を話して、イクスを守ってもらえるようお願いしてみるわ」

そう言うとメイベルは、神官から適当な理由をつけて借りた装飾品をゆっくりと首から下げた。

一見ただのペンダントのようだが『魔道具』と呼ばれるものだ。

（鳥や獣から襲われない、お守りになるはずだけど……）

現在ではすっかり失われてしまった魔術だが、その力を持った遺物は存在する。

魔力を溜《た》めた特殊な鉱石を用いた道具――『魔道具』だ。

魔術師のように色々な魔術を行使することは出来ないが、例えば小さな火を生じさせたり、置いておくだけで冷気を放ったりと、あらかじめ定められた一つの魔術を再現できる。

魔力がなくとも魔術を利用出来るという優れものなのだが、いかんせん数が少なく、非常に高価で貴重な品となっていた。

メイベルはふうと息を吐き出すと、ウィミィが持っていた荷物鞄《かばん》を受け取る。

「ここまでありがとうウィミィ。アルフレッドの帰りをお願いしていいかしら」

「メ、メイベル様ぁ……」

ウィミィの心配そうな視線を背に受けながら、メイベルは森に向かって果敢に一歩を踏み出した。

湿り気のある地面にくっきりと靴跡がつく。だがメイベルは臆することなく、そのままずんずんと奥へと足を進めた。

（それにしても、本当にすごい場所だわ……）

少し歩いただけで、もう入って来た方向が分からなくなる。

地図を何度も確認しながら魔術師の館があるという場所を目指すも、特段目印らしいものもなく、メイベルは額にじんわりと不安の汗を滲《にじ》ませた。

（まだ着かないのかしら……）

うっかり木の根に足を取られ、ひゃ、という短い悲鳴の後、メイベルはべしゃりと前のめりに倒れ込む。なんとか立ち上がるが、手のひらや膝にはべっとりと泥が付いており、メイベルは適当にそれを払い落とすと、なおも奥へと進んでいった。

そうしてどのくらい歩いただろうか。

汗で化粧はすっかり落ち、手に残っていた泥は乾燥し始めていた。最小限に減らしてきたはずの荷物も、今のメイベルには非常に重たく感じられる。

するとある茂みに立ち入った瞬間、わずかに心臓が痛んだ。

「……？」

帰りたい、という気持ちがそうさせたのだろうか。

だがそれ以上に「こちらではない」という違和感があり、メイベルはなんとなく進む方向を変えた。胸の痛みはすぐになくなり、メイベルは首をかしげながら先を急ぐ。

しかしまたある程度行ったところで、心臓のあたりが締めつけられた。

（さっきからいったい、何なのかしら……）

メイベルは仕方なく、己の心臓に尋ねるようにしながら慎重に森の中を歩いて行く。

やがて木々の向こうがわずかに明るくなっていることに気づいた。

「で、出られたわ……！」

森を抜けたそこは、若草色の草が輝く庭のようだった。太陽の光も十分に降り注いでおり、メイベルはようやく息ができるとばかりに大きく深呼吸する。

するとその視線の先に、古びた石造りの館があった。

壁には蔦《つた》が生い茂り、生物の気配がいっこうに感じられない。メイベルはその館に近づくと、玄関らしき大きな扉と向かい合った。

錆《さ》び付《つ》いたノッカーを持ち、ゴン、ゴン、と重々しい音で打ちつける。

だが中からは誰も現れず、メイベルはどうしようと眉を寄せる。すると鍵がかかっていなかったのか、ギイと音を立てて扉が勝手に開いてしまった。

「し、失礼します……」

申し訳ないと思いつつ、魔術師に会わなければ帰るにも帰れないと足を踏み入れる。

館の中は昼間だというのに薄暗く、黴《かび》と埃《ほこり》の匂いが充満していた。

一階にあったいくつかの部屋の扉に手をかけるが、どれも鍵がかかっていて入ることは出来ない。仕方なく中央のホールに戻り、二階に続く立派な両階段を上る。歩くたび、敷かれた深紅の絨毯《じゅうたん》から何とも言えない匂いと埃が舞い上がった。

（ここ、ほんとに人が住んでいるのかしら？）

二階もまた人気《ひとけ》がなく、廊下の窓にはすべてカーテンが掛かっていた。途中にある扉にも手をかけてみたが、やはりどれも閉ざされており、メイベルは途方に暮れる。

やがて廊下の突き当り、いちばん大きな扉の前に到着した。

（ここまで来たら、行くしかない……！）

メイベルは「失礼いたします！」と声を上げながら、そっと手を伸ばす。

するとその扉だけ、きいと音を立ててあっけなく動いた。

「あ、開いた……」

そろそろと中に入る。

薄暗いその部屋は壁沿いに大きな本棚がいくつも並んでおり、そのすべてにぎっしりと本が詰め込まれていた。入りきれなかった本は床に山積みにされ、そこら中に放置されている。

本の山の合間に置かれた木箱には、何かの草や石などよく分からないものが雑多に詰め込まれており、少し息をすると香辛料のような匂いがメイベルの鼻をくすぐった。

（すごい数の本……。魔術師というのは勉強家なのね）

奥にはもう一つ部屋があり、本棚、締め切られた窓と大量の羊皮紙、そして中央にぼろぼろの長椅子と毛布が置かれている。

（誰もいない……もしかして、引っ越しちゃったとか？）

あまりの閉塞感と澱んだ空気に、メイベルは思わず窓の方へ向かう。

分厚いカーテンが掛けられたかなり大きいもので、壁の一面を占めていた。

（とりあえず一度換気しないと……）

窓の傍《そば》には立派な机と椅子があり、何やらよく分からない文字がびっしりと書かれた紙が積まれている。メイベルはなんとか窓の鍵を探しあてると、固くなっていたそれを力の限り押し上げた。

（うっ……開かない……）

長い間使われていなかったのだろう。

鍵は外れたはずなのに、窓枠が軋《きし》んで動かない。

メイベルは半ば自棄《やけ》になりながら力いっぱい押し続ける。やがてバァンと派手な音を立てて窓が動いたかと思うと、日焼けして生成り色になっていたカーテンがぶわりとなびいた。

（気持ちいい……）

部屋の中に、新鮮な空気が流れ込んでくる。

わずかな花の匂いを抱いたそれは、暖かい陽光とともにメイベルの全身を潤した。

窓の外には半円状のバルコニーが広がっており、その向こうには高く伸びた木と、青々とした葉っぱがざわざわと揺れている。

ふう、と満足げにカーテンをずらすと、メイベルは改めて部屋の方を振り返った。

するとその時、部屋の中央にあった長椅子が動く。

正確にはそこで丸まっていた毛布が、突如どたんと転がり落ちたのだ。

「きゃあ！」

メイベルが思わず声を上げると、毛布はのっそりと立ち上がり、脱皮するかのようにそれをすとんと床に落とした。

現れたのは真っ黒な人。

背は高く、メイベルと並ぶと見上げるくらいになるだろう。

黒いコートに手袋、ブーツと衣装はすべて黒で統一されていた。髪もぼさぼさの黒髪で、何より驚いたのはその顔——仮面魔術師の名にふさわしい漆黒の仮面を着けている。

（本当に……仮面……）

仮面は顔の上半分を覆い隠すもので、顎と口元は露出していた。噂《うわさ》では相当高齢だと聞いていたのだが、肌の感じではそこまで年を取ってはいなさそうだ。

おそらく彼がユージーンだろう。

すると仮面の下にある唇が動き、通りの良《い》い声を発した。

「お前、誰」

「ご、ごめんなさい！　まさか人がいるとは思わなくて」

メイベルは慌てて頭を下げる。

こんな部屋に、と言いかけたのを必死に呑《の》み込《こ》んだ。

「勝手に入ってきてすみません。でも下に誰もいなくて、つい」

「だからお前は誰なんだよ。どうやって森を抜けた」

（す、素直に名乗って良いものかしら？　でも、すごく怒っている気もするし……）

円満に婚約を破棄し、イクス王国を守る契約をするまでは、出来るだけ良好な関係を築きたい。

となるとここで「婚約者のメイベルです☆」と素直に打ち明けるのは、少々危険な気がする。

メイベルは仕方なく「ウィミィ、ごめん」と心の中で謝罪した。

「……わ、私は、メイベル様付きのメイドで、ウィミィと申します。その、二ヵ月後、こちらでメイベル様がお世話になるのに先だってご挨拶をと思いまして」

たどたどしいメイベルの言葉に、しばしの沈黙が落ちた。

ようやくユージーンが口を開く。

「メイベル？」

「はい」

「誰」

「ええと、婚約者の」

「誰の」

「その、ユージーン様の？」

メイベルは窺《うかが》うようにユージーンの方を見る。

彼は仮面越しの目を胡散臭《うさんくさ》そうに眇《すが》めながら、首をかしげた。

「何の話だ？」

「えっ？　あの、婚約に関して、書面が来ていると思うんですが……」

その言葉を聞いたユージーンは、すたすたと机に歩み寄る。山のように積まれた紙を勢いよく崩すと、大量の羊皮紙と乾いた植物の根のようなものが床に転がった。

その中から一つの手紙を見つけ出すと、乱暴に封を剝がす。

「……これか」

中から出てきた便箋をしばらく目で追っていたかと思うと、メイベルの方をちらと見、手にしていた手紙をぞんざいに机に置きながら告げた。

「確かに連絡は来ていた」

「で、ですよね」

「馬鹿な国だ」

ふん、と端正な口元が歪《ゆが》む。

「大方、婚約を口実に僕の力を利用したいという算段だろう」

(ばれてる……!)

ぎくりとするメイベルを前に、ユージーンは更に皮肉を込めて笑った。

「そのために娘を差し出すとさ。馬鹿な国だが姫も馬鹿だ。こんな勝手な話に使われて、何も考えずにほいほい婚約を受け入れるなんて」

(受け入れてませんけど⁉　何なのこの人、失礼な——)

思わず言い返したくなるのをメイベルはぐっとこらえた。

逆に考えよう。

これはある意味、チャンスではないだろうか。

（もし魔術師が結婚に乗り気だったたら、私がどんなに拒否しても断れない可能性があった……）

だがここまでの言動を見る限り、ユージーンはこの結婚にまったく関心がないようだ。

つまり上手《うま》いこと国を守ってもらう約束さえ取り付けられれば、メイベルが結婚する必要はなく、穏便にこの話を収めることが出来る。

（でもいったいどうしたら、イクス王国を守ってくれるのかしら……）

とりあえず事情を話してみようかと思ったが、会ったこともないメイベルを馬鹿姫呼ばわりする性格のねじ曲がった魔術師が、そう簡単に頼みを聞いてくれるはずがない。ならばお金かと考えたが、その腕一つで国を滅ぼせる魔術師にとって、大した魅力にはならなそうだ。

となれば残る方法はあと一つ。

少々物騒なやり口だが、手段を選んではいられない。

（弱みを握って――脅す！）

毒をもって毒を制す。

魔術師の強大な力を利用するために、その弱点を握るのだ。

いくら魔術師とはいえ彼らも人間。人に知られたくない秘密の一つや二つはあるはずだ。

それを突き止め、秘密にすることを条件にイクス王国を守護してもらう。

「とっとと帰って、お前の主《あるじ》とやらに言ってやれ。婚約したところで、僕がお前のために力を使うことは絶対にない、とな」

ユージーンはそう言うと、手にしていた婚約の誓約書らしき書類を細かく破いた。その紙片をぐしゃりとメイベルの両手に押しつける。

自らの婚約について書かれた書面が、こんな惨状になったことにメイベルは少しだけショックを受けたが――唇を噛《か》むとそれをこらえた。

（ダメよ、ここで引き下がるわけにはいかないわ）

彼の弱みを握るためには、誰よりも近くで彼のことを観察する必要がある。

そのためには何としてでも、この館に残らなければならない。

「そ、そんなことは出来ません！」

「は？」

「今後、メイベル様がこちらでお世話になる可能性がある以上、メイドの私が仕事を放棄して、勝手に帰るわけにはいきません！」

「…………」

そんなメイベルの様子をユージーンはしばらく見つめていたが、やがてどうでもいいとばかりにため息をついた。

「好きにすれば」

「え？」

「お前がいようがいまいが、僕には関係ない。どうせ数日すれば逃げ出すだろうし」

「ぜ、絶対逃げませんから！」

「どうだか」

ユージーンは鼻で笑うと、床に落ちていた毛布を拾い上げてどこかへ行ってしまった。

その背中を睨みつけながら、メイベルはぐしゃぐしゃになった紙切れをそっと両手で握りしめるのだった。

# 第三章　仮面の理由

こうして半ば強引に館に住む許可を貰《もら》ったメイベルは、ふんと力強く拳を握った。

「まずは住む場所を何とかしないとね」

こんな手入れも掃除もされていない館で寝泊まりしていたら、ユージーンの弱みを握るよりも先に、メイベルの方が体を壊してしまう。

そうと決まれば行動は早く、メイベルは二階の廊下にある窓を次から次へと開けていく。そのまま一階に下りると、掃除道具がないか探し回った。

すると階段下に倉庫の入り口を発見する。扉の向こうには真っ暗な空間が広がっていたが、メイベルが足を踏み入れた途端、どこかからぼんと音がした。

「きゃっ⁉」

見ると壁に据え付けられた蠟燭《ろうそく》に、いつの間にか火が灯《とも》っている。高い位置にあるため原理はよく分からないが、もしかしたらこれも魔術なのかもしれない。

改めて中を見ると、開封されていない包みや木箱、よく分からない木の枝などが足の踏み場もない状態で放置されていた。手前の方にはいくつか開いている箱もあり、中にはたくさんの缶詰が詰め込まれている。どうやらユージーンは普段これを食べているようだ。

（確かにこれなら調理もいらないけど……）

蜘蛛《くも》の巣《す》を払いながらモップと雑巾、箒《ほうき》などを引っ張り出す。

それらを一階の広間に並べ、メイベルがふうと額の汗を拭っていると——ユージーンが二階から
その様子を見ていた。ついでにぼそりと呟《つぶや》く。

「蜘蛛の巣、ついてるぞ」

「え、やだ！　どこ⁉」

慌てて髪の毛を払う様子を見て、ユージーンはこらえきれないとばかりにくく、と笑う。

その態度で騙《だま》されたと知ったメイベルは、彼をきつく睨《にら》みつけた。

（見てなさい、絶対あんたの弱みを握ってやるんだから！）

髪を結び直して気合を入れると、持ってきたハンカチで口元を覆う。

右手に箒を構えるとまるで戦場に向かう兵士のごとく、勇壮に二階へと上がっていった。鍵がか
かっていたはずの部屋は何故《なぜ》かすべて開いており、メイベルは好都合だとばかりに入り込む。

（私を試しているのか、面白がっているのか……。どっちでもいいわ、すぐに綺麗《きれい》に——）

だがそんなメイベルが白旗をあげたくなるほど、部屋はとんでもない惨状だった。

長年閉め切られていたであろう窓に、満遍なく白い埃《ほこり》がかぶっているベッド。長年替えられてい
ないであろう毛布に、ひとまとめにされたごみの山——さすがのメイベルも眉根を寄せる。

「いったいどうやったら、ここまで放置出来るのかしら……」

だが文句を言っても聞いてくれる人はいない。

すぐに空気を入れ替え、毛布やごみを廊下に放り出す。とりあえず一室だけでも住める環境にしなくてはと、メイベルは黙々と埃を払い、床を磨いた。

掃除を始めてから二時間。メイベルは満足げに額の汗を拭う。

「ふう、少しはましになったみたいね」

汚れ一つない床に、カーテンを外して開け放たれた窓。ベッドはシーツが無くなっていたので、とりあえずメイベルが持ってきた毛布を敷いている。部屋の隅にあったごみの山から発掘し、丁寧に磨きあげた鏡台を前に、メイベルは嬉《うれ》しそうに微笑《ほほえ》んだ。

（とりあえず、ここを私の部屋にしましょう！）

ユージーンにはあとで了承を得るとして、次は洗濯と厨房《ちゅうぼう》の掃除だ。

メイベルはあわただしく自室（仮）を後にした。


そうしてあらかたが終わった頃には、既に日が暮れていた。

メイベルはへろへろになってキッチンに置かれた丸椅子に座る。

（つ、疲れた……）

こうした仕事に慣れているとはいえ、お城では基本的にメイドたちがすべて掃除や洗濯をしてくれていた。これだけ汚れ切った館内を、自分で一から綺麗にしていくのはやはり相当重労働だ。

自分たちの身の回りを整えてくれていたメイドたちに、改めて感謝の祈りを捧《ささ》げる。

そうしているうちに、メイベルはようやく空腹を感じ始めた。

持ってきた兵糧を森の中でかじっただけで、それから何も食べていない。

「何か作ろうかしら……」

森で野宿することを考慮し、念のため持ってきていた火打金でかまどに火を起こす。

黒い鉄鍋にトマトの缶詰と干し肉、豆を加えて柔らかくなるまで煮込み続けた。

「塩……なんてないわよね」

空っぽの棚を見上げてむう、と眉を寄せる。仕方なく、倉庫から運び入れた木箱の中から「レモン漬」と書かれた瓶詰を取り出すと、その汁を鍋に落とした。

本当は塩か胡椒《こしょう》が欲しかったが、これで多少味付けになるだろう。

そのまましばらく火を入れ、器に盛りつける。肉は程よく柔らかくなっており、豆もほくほくとほぐれてお腹《なか》に満足感を与えた。トマトの酸味もよく効いており、これで白パンがあったら最高なのに、とメイベルはしみじみと味わう。

（そういえば、ユージーンはどうしているのかしら？）

昼に見かけて以降、その姿を見ていない。

おそらくまたあの自室にこもって寝ているか、研究しているかなのだろうが……食事はちゃんととっているのだろうか。

「……一応、持って行ってみるべき？」

メイベルはもう一つの器に残りを注ぎ、お盆を持ってそっと二階へと向かった。

一番奥の部屋まで行くと、こんこんとノックする。返事はない。

「失礼します……」

小さく断りながら、静かに部屋へと足を踏み入れる。

相変わらず本ばかりの部屋を通り過ぎ、こっそり奥の部屋をのぞく。机の傍《そば》には明かりが灯って
おり、ユージーンは何かを熱心に読んでいた。

「あの、夕食を作ったのでよかったら……」

「いらない」

にべもない返事に、残念とやっぱりが半々になった複雑な気持ちをメイベルは呑《の》み込《こ》む。

そういえば、とユージーンに再度声をかけた。

「二階の、いちばん手前の部屋を寝泊まりに使いたいんですが」

「好きにしろ」

やはり顔を上げることもないユージーンに、メイベルは聞こえないようにため息をつく。

「食事、ここに置いておくので、良かったら食べてくださいね」

とりあえず部屋の許可は貰ったから良しとしよう。

メイベルはそれだけ伝えると、近くのテーブルにお盆を置き、静かに部屋を後にした。


二日目。

メイベルは朝一番にユージーンの部屋へと向かう。

案の定、テーブルの上に置いていたトマト煮は一切手をつけられていなかった。

（うーん、なんてもったいない……）

長椅子の上で丸くなっているユージーンらしき毛布の塊を、メイベルはじっと睨みつける。

だがやることは今日もたくさんある。めげている暇はない。

（まあいっか。お腹空《す》いてなかったってことでしょうし）

メイベルは残っていたそれを温め直して朝食にし、早速今日の掃除計画を組み立てた。

今日のメインは厨房だ。昨日は時間がなく、必要最低限の場所しか出来なかったので、この一日でさっさと片付けてしまいたい。

メイベルは口元をハンカチで覆うと、濡《ぬ》れた雑巾とバケツを手に、勇ましく厨房に乗り込んだ。


「——ふう、意外と色々そろってたのね」

気がつけば夕方になっており、メイベルはようやく掃除の手を止めた。

白い埃と黴臭《かびくさ》さに埋め尽くされていた厨房は、見事にかつての姿を取り戻している。

棚に放置されていた食器や調理器具はすべて洗われ、種類ごとに整頓されていた。荷物の山から発掘した調味料もずらりと並んでおり、これだけあればしばらく味付けには困らないだろう。

すっかり汚れてしまった雑巾を手に、メイベルは一旦厨房を出る。

すると玄関ホールの方で何か物音がした。

（？　ユージーンが起きてきたのかしら……）

だがそこにいたのはユージーンではなく、背中に大きな荷物を背負《しょ》った青年だった。

彼は慣れた様子で館内に入ってくると、階段下でなにやらごそごそと動いている。

（もしや……泥棒⁉）

メイベルは一瞬呼吸を忘れる。

だがすぐに静かに息を吐くと、手にぎゅっと力を込めた。

（ユージーンは多分二階にいる……。階段を上がれないから、呼びには行けない……）

守りの衛兵などいるはずもない。

ならば、とメイベルは息を詰めながらそっと青年の背後に歩み寄った。途中で箒を手に取ると、相手に向けて構える。

以前習ったガートルードの護身術を思い出しながら、メイベルは全力で叫んだ。

「ええーい！」

大きく声を張り上げながら、手にしていた箒を力いっぱい振り下ろす。

「――っ‼」

だが青年はすぐに気づき、転がるようにしてそれを躱《かわ》した。箒はタイルの床をしたたかに打ち、メイベルはしまったと顔を青くする。

「え、ちょ、な、なに⁉」

「で、出て行ってー！」

「いやだから、待ってってって――」

メイベルは箒を持ち上げると、床に座り込む青年に向けて再度振りかざそうとした。だが彼の足元に転がっている缶詰や、その脇にある草の根っこのようなものに気付き、すぐにその手を止める。

「缶詰……？」

「あーびっくりした……。危ないじゃないすか」

青年はようやく安堵《あんど》の息を吐き出すと、服についた埃を払いながら立ち上がった。茶色の髪に茶色の目をした彼は、改めてメイベルを見て問いかける。

「驚いた。まさか人がいるとはねえ」

「人って……ここってユージーン様の館でしょう？」

「旦那は出てきたことありませんから」

ははは、と笑う顔は穏やかだ。派手ではないが幅広の目や、すっと通った鼻は良《い》い配置をしており、下町で人気のある青年といった印象をメイベルは抱く。

「あの、あなたは？」

「ああ、俺はルクセン商会のセロ。週に一度、ここに荷物を運んでる」

「そうだったのね！　ごめんなさい、突然殴りかかったりして」

「ほんとですよ。で、おたくは？」

メイベルは一瞬思考を巡らせた。

ここでメイベルの名前を出せば、そこから情報が漏れ、連れ戻される危険がある。

なんとか誤魔化さねば。

「ええと、昨日からここのメイドをしています。ウィミィといいます」

「へえ！　ここで働くの」

セロは本気で驚いているらしく、茶色の目を見開いて丸くしていた。

だがすぐに口角を上げると、持っていた缶詰をメイベルにぽんと手渡す。

「それじゃお得意さんだな。これからよろしく」

「こちらこそ」

どうやら泥棒ではなく、ここに食料を運んでくれている商会の人だったようだ。

言われてみれば、これだけたくさんの缶詰や調味料が勝手に湧いて出てくるはずがない。

「ところでセロ、運んでいるのは缶詰だけなの？」

「基本的にはそうだな。あと旦那から特別に依頼があれば、薬草とかも入れるけど」

「依頼？」

「この辺に手紙が置いてあるんだよ。そこに書かれたものを持ってきてるってわけ」

ふーん、とその仕組みに感心していたメイベルだったが、何かを思いついたのかセロに向かって口を開いた。

「あの、私からも依頼って出来るのかしら？」

「お嬢ちゃんから？」

「お金も少しならあるので……」

「ああ、旦那のために使う分だったらいらないよ」

聞けば、ユージーンのために運ばれてくる物資はすべて、国がその費用を負担しているのだという。そのためメイベルが個人で使う嗜好品《しこうひん》などでなければ、その予算から出せるとのことだった。

そういえば魔術師の取り扱いについて、各国手厚く保護すべし、のような文言を聞いたことがある。

ユージーンは端っことはいえ一応イクス王国に住んでいるので、国がそれを負担しているということだろう。

「よかった。じゃあ、小麦粉と野菜を少しお願いしたいのだけど」

はいはい、とセロは慣れた様子で注文を紙に書きつけた。


こうしてセロに次の荷物を頼んだあと、メイベルはさっそく夕食づくりに取りかかった。

今日は魚のオイル漬と貝の缶詰、干した茸《きのこ》を塩で煮込んだものだ。倉庫に転がっていた芋から傷んでいないものをいくつか選《よ》り出《だ》し、蒸《ふ》かしたものを添えている。

「うーん、おいしい！」

メイベルは綺麗にそれらを食べ上げ、残りを皿に盛ると静かに二階へと向かった。

こんこんと扉を叩《たた》き、慣れた様子でユージーンの部屋に入る。

「ユージーン様？」

「……なんだよ」

見れば奥の部屋に、昨日とあまり変わらない出《い》で立《た》ちのユージーンがいた。

相変わらずこちらを見ることもなく、熱心に机に向かっている。

あれから窓を開けていないのか、また少し室内が埃っぽくなった気がした。

「今日のご飯です。よかったら」

「いらない」

その返事にメイベルはため息をつく。

また置いておけばいいかと思いつつ、心配になってユージーンに声をかけた。

「あの、ずっとお部屋にいると疲れませんか？　少し気分転換した方が」

「…………」

「せめて空気だけでも入れ換えるとか……」

「うるさい」

やはり取り付く島もない。

メイベルはしばしば眉根を寄せていたが、昨日と同様テーブルに食事を置くと、仕方ないと部屋を出た。

（本当に大丈夫かしら……）

ここに来てまだ二日だが、日中館内でユージーンの姿を見ることはない。メイベルが掃除で走り回っているせいもあるだろうが、おそらく彼は一日中この自室に籠《こも》っているのだ。

魔術師だから、普通の人と同じように考えてはいけないのかもしれないが――あの環境が、とても体にいいとは思えない。

「でも、私ががみがみ言うことでもないわよね……」

そもそも自分が何かを言ったところで、聞き入れる相手ではない。

メイベルはそう思いなおすと、厨房の片付けをしにさっさと一階へと戻った。


滞在三日目。

他の客室を掃除していたメイベルは、重々しいノックの音に立ち上がった。

玄関ホールに出ると、セロが大きな荷箱を背負って立っている。

「セロ！　早かったのね」

「いやいや、このくらいならすぐですよ」

セロは明るく笑いながら、小麦の入った大きな袋と、今朝採れたばかりだという野菜を下ろしていく。メイベルはそれらを眺めると、きらきらと目を輝かせた。

「ありがとう！　これでまともなご飯が作れるわ」

「そりゃよかった。良かったら今度、生の肉も持ってこようか」

「いいの⁉」

「もちろん。ただタイミングがあるから、すぐにとはいかないけどな」

昨日と同様紙に書きつけた後、セロはメイベルに向かって微笑みかける。

「それはそうと、ここでの仕事はどうだい？」

「もうすっごいの。部屋は全部埃まみれだし、厨房だって一日がかりで片付けたし」

そりゃ大変、とセロは思わず溢《あふ》れた笑いを噛《か》み潰している。

「だろうなあ、俺が来始めてからもずっとこんな感じだし」

「そうなの?」

「ああ。もう五年くらいになるけど、誰とも会ったことがないよ」

「ユージーン様とは?」

「会わない会わない、顔も見たことないよ。大体、顔を見ると危険って話だし」

「危険……」

その言葉にメイベルはふと、ユージーンの噂《うわさ》を思い出した。

「そ。俺の前任者、うっかりこの館で旦那の素顔を見ちゃったらしくてさ。ぶっ倒れてそのまま地元に帰ったって話だよ」

「そ、そうなのね……」

「うん。なんか数日うなされてたらしい」

(私、大丈夫かしら……)

ユージーンの素顔を見た者が倒れた、という噂は確かに聞いたことがある。

今は仮面越しに見ているから大丈夫なのだろうが、うっかりその下の素顔を見てしまったらどうなることか——と今さらになって体がぶるりと震えた。

「ま、あんま無理はしないことだな」

「あ、ありがとうセロ」

セロが帰った後、彼が持ってきてくれた食材を厨房に運び、下ごしらえを始める。

小麦に水と塩、少量の麦酒《エール》を混ぜて捏《こ》ねながら、メイベルは一人黙々と考えた。

（そういえば、誰もユージーンの素顔を知らないんだわ……）

そもそもユージーンは人前にほとんど姿を見せない。

おまけに仮面で顔の上半分を覆っているため、その素顔を知るものはない。見られたとしても、セロの前任者のように倒れてしまうというオチだ。

であればその素顔を知ることが出来れば、彼を脅す弱みに使えるのではないだろうか。

（でも、そもそも見られたくないから隠しているのよね……）

魔術師が仮面を着ける理由は二つあるといわれている。

一つは自分たちが特異な存在であることを表すため。

もう一つは特定を防ぐためだ。

素顔を知られると、どこに逃げ隠れても魔術師であることがバレてしまい、拉致や監禁といった犯罪に巻き込まれる可能性がある。実際のところは多少巻き込まれても、彼らの持つ魔術で解決できてしまうのだろうが――そこはまた別の問題なのだろう。

この理由が確かだとすれば、彼らの素顔は弱点となりうるかもしれない。

しかし彼らの素顔を不用意に見てしまえば、弱みを握る以前に、メイベルの方が取り返しがつかない事態になることも――

（うーん……。いったいどうしたら素顔が見られるのかしら？）

いつの間にか捏ねていた生地は白くまとまっており、メイベルはそれをぶちぶちと八等分にちぎって卓上に並べる。濡れた布巾を上にかぶせて生地を休ませている間も、メイベルはむむむと考え込んでいた。

数時間後、厨房のかまどから焼けたパンのいい匂いが漂ってくる。

それらを取り出して適度に冷ましている間、メイベルはお湯で柔らかくした干し肉を甘辛く味付けし、葉野菜を丁寧に洗って水気を飛ばした。

パンに切り込みを入れ、先ほどの肉と野菜を挟み込む。味付け用に使ったソースの残りを少しだけかけると、パンの内側にじゅわりと染み渡った。メイベルは満足げにそれをお皿に載せ、二つ目、三つ目にとりかかる。

合計八個のサンドイッチを作り上げると、メイベルはよしと手を洗った。

少し早い気もするが、パンが温かいうちの方がいいだろうとユージーンの自室に向かう。

「ユージーン様、入りますね」

もう返事が返ってこないと分かっているので、ノックをしてすぐに扉を開ける。

だが奥の部屋に入った瞬間、メイベルは持っていたお盆を取り落としそうになった。

「ユージーン様⁉」

彼は全身を床に投げ出し、心神喪失した状態で倒れ込んでいた。メイベルは急いで脇のテーブルにサンドイッチを置くと、ぐったりしているユージーンの元に駆け寄る。

「しっかりしてください、ユージーン様!!」

肩を摑《つか》み、気道を確保するように上体を転がす。

仮面に覆われているので表情は分からないが、その薄い唇がうっすらと開き、浅い呼吸をしきりに繰り返していた。首元に手を当てると、非常に高い熱があるのが分かる。

（早く何とかしないと――）

慌てて部屋の中を見回す。

彼が使っていた長椅子はあるが、ボロボロでとても病人を寝かせられる状態ではない。

というより、まずはこの空気の悪い部屋から出た方がいいだろうと、メイベルは咄嗟《とっさ》にユージーンを肩に担いだ。

「お、重い……」

なんとか一歩足を踏み出してみたが、彼の膝から下は床に付いたまま、ずるずると引きずることしか出来ない。

そんな無茶な体勢のまま、メイベルは必死にユージーンを部屋から運び出した。

（これくらい……ファージー姉様の、ピアノ運びに、比べたらっ……！）

以前、音の反響が悪いから部屋の模様替えをしたい、と突如言い出した四番目の姉の希望を叶《かな》えるため、使用人総出で大型ピアノを別室に移動させたことがある。

その時のつらさを思い出しつつ、メイベルはただひたすらに足と腰に力を込めた。

ずるずると廊下まで引きずっていき、そのままメイベルが借りている部屋まで歩く。

なんとかドアを開けて部屋に入ると、最後の力を振り絞ってユージーンをベッドに放り投げた。

どさっと重量感のある弾みを残し、ユージーンはそのままシーツの中にうつ伏せで埋まる。メイベルはそれを見て、ぜいはあと何度も肩を上下させた。

(とりあえず、移動は出来た……！)

すぐにユージーンの体を反転させ、ベッドの上で仰向けにさせる。

(まず汗を拭いて、それからええと、薬はあるかしら⁉)

急いで一階へと下り、水の入った洗面器とタオルを持って駆け上がる。

ごめんなさいと一言断ると、彼の上着のボタンを外し、その下のシャツをくつろげた。

服の下にはしっかりと鍛えられた胸板があり、メイベルは初めて見る異性の体に恥ずかしくなりながらも、そっとタオルを押し当てる。

上半身の汗を拭き取り、首と顎の汗も取っていく。そこでメイベルはふと手を止めた。

(仮面、外しても大丈夫かしら？)

額の汗も拭いたいし、このまま着けていても気持ち悪いだけだろう。

しかし仮面を外したがらない魔術師のそれに手をかけることに、メイベルとて抵抗がないわけではなかった。

それに不安もある。彼の素顔を見たものは倒れるという話だ。

この場合ユージーンの意識がないから大丈夫なのかだめなのか、見当もつかない。

(そんなこと言ってる場合じゃないわ！　今は緊急事態、人命救助が先！)

メイベルは震える手で、恐る恐る仮面に手をかけた。

彼の素顔を見たメイベルは、静かに息を呑む。

（……すっごく、綺麗な顔だわ……）

白い肌。仮面越しでは見えづらかった睫《まつげ》毛は、長く弓なりに伸びている。

鼻筋は高く通っており、薄い唇に向けて優雅な丘陵を描いていた。

（……？）

それを見たメイベルは、何故かひどく胸が締めつけられるような痛みを感じた。

大変な老人だという噂もあったが、この素顔を見る限りとてもそうとは思えない。彼の素顔を見て倒れたという話も、いったいどこまで本当なのだろうか。

「い、いけない！」

メイベルは自分がなすべきことを思い出すと、その額をタオルで拭った。やはりここにもたくさんの汗をかいており、少し楽になったのかユージーンが静かに息を吐く。

汗はこれくらいでいいか、とメイベルは洗面器を持つと一階へと戻った。

井戸から冷たい水を汲《く》みだし、洗面器の水を入れ替える。二階に戻る前に薬がないか探してみたが、それらしいものは見当たらなかった。

（薬はないわね……。今度セロが来たら頼んでおかないと）

二階に戻り、ユージーンが休んでいる自身の部屋へと入る。

毛布を被《かぶ》せたユージーンは相変わらず苦しそうに呼吸をしており、メイベルはベッドの傍に椅子

を引き寄せて腰かけた。

（どうしよう……）

イクスの王城で病人が出た場合、すぐに主治医が駆けつけて薬を処方してくれた。メイドたちが着替えから食事まで看病してくれるので、メイベル自身は何もしたことがない。

（汗を拭いて、暖かくして、額を冷やして……。あとは何をしたら――）

気づけば自分の手が震えており、メイベルは不安を追い払うようにぶるぶると頭を振る。

ここには医者もいない。薬もない。すべて自分で何とかするしかないのだ。

そう自身に言い聞かせると、メイベルは深い息を吐きだした。

ユージーンの額に乗せていたタオルを取り、洗面器の冷たい水に浸す。額の熱を吸って熱くなったそれが、すぐにひんやりとした感触に変わった。固く絞るとまた額に乗せる。

（とりあえず熱を下げて……。食事はどんなものならいいのか……）

いつの間にかユージーンの腕が毛布から出ており、メイベルはその手を取るとそっと中へと戻した。

摑んだその手がとても熱く――メイベルは祈るような気持ちで、しばし彼を見つめていた。

◆

「……ん」

翌日。ユージーンは朝日の眩《まぶ》しさに目を覚ました。

こんなことは何年ぶりだ、と眉間に皺《しわ》を寄せながら瞼《まぶた》を開く。

(どこだ、ここ……)

ぼんやりとした視界が鮮明になるにつれ、ユージーンは自分の部屋とは違う天井や内装であることに気づいた。昨日の自分の行動をゆっくりと振り返る。

(昨日は研究の続きをしていて、それで……)

魔術書の一節を書き出したところまでは覚えているのだが、どうもそれ以降の記憶がない。

まあいいか、と視線を左に動かしたところで、ぴたりと動きを止めた。

「……なんで」

そこには眠っているウィミィの姿があった。

椅子に座ったまま器用に眠っており、何故かユージーンの手を握ったままだ。

(どうしてこいつが？　というか、なんで、手……)

すると動きが伝わったのか、ウィミィがようやく目を覚ました。

ユージーンと目があった途端、驚いたように飛び起きる。

「だ、大丈夫ですか⁉」

「……何が」

「昨日、部屋で倒れていたんです」

その返事にユージーンはああ、と目を瞑《つぶ》った。

「いつものことだ。余計なことはしなくていい」

「いつもって……そんな頻繁に倒れているんですか？」

「僕は魔術師だ。そう簡単に死にはしない」

研究に没頭している間は睡眠や食事のことを忘れてしまい、そのたびに昏倒していると聞かされたウィミィは、まさに「信じられない」という顔をしていた。

だがそれ以上非難することもなく、嬉しそうにユージーンの額に手を伸ばしてくる。

「まあ、元気になったならよかったです。……うん、熱もちゃんと下がってますね」

しかしウィミィの手が額に触れた瞬間、ユージーンは大きく目を見開いた。

素肌に触れるこの感触。まさか。

「おい！　僕の仮面はどこだ！」

「え⁉　こ、ここですけど……」

突然の剣幕に、ウィミィは脇の机に置いていた仮面を慌てて手に取った。ユージーンはそれを奪い取り、すばやく顔に装着する。そのまま彼女に向かって叫んだ。

「お前、僕の顔を見たのか⁉」

気色ばむユージーンに、ウィミィはどう答えたものか戸惑っている。

「ご、ごめんなさい！　その、汗をかいていたから、拭いた方がいいかと思って……」

「だから！　顔を見たのか⁉」

「み、見ました！　で、でもすごく綺麗な顔だな、としか――」

ユージーンは言葉を失い、ウィミィはそんな彼の様子を窺《うかが》うように、ちらちらとこちらを覗《のぞ》き見ていた。

だがいよいよ沈黙に耐え切れなくなったのか、ウィミィは口火を切って謝罪する。

「す、すみません、あの……」

「――正気か？」

言葉を断ち切られ、ウィミィは「はい？」と変な声を上げた。

「頭は大丈夫か」

「そ、そこまで言わなくても、私だって必死で――」

「違う。……『僕に惚《ほ》れていないのか？』という意味だ」

ユージーンがそう言った直後、ウィミィは眉間の皺を最大に深くし、「はあ？」と本気で首をかしげていた。

# 第四章　ユージーンの魔術

「心を奪われる……ですか」

「そうだ」

熱が下がって楽になったのか、ユージーンは衣服を正した。

「僕たち魔術師と呼ばれる者が、生まれながらに高い魔力を有していることは知っているだろう」

「は、はい……」

「高い魔力というのは、美しさと同義なんだ」

ユージーンいわく――魔力を多く保持する人間は、その持つ力が何らかの「美しさ」として表れるのだという。優れた頭脳。並外れた運動能力。人を魅了する顔や声を持つ者。こうした人物は総じて高い魔力を持っているらしい。

「お前の主《あるじ》の……なんだったか、の姉も魔力持ちだろう」

「メ、メイベル様のことですか？」

「ああ。特に三番目は大層な美姫《びき》と聞いた。他の姉たちも何らかの魔力を持っているのだろう。魔術を使えるほどではないがな」

その返事にメイベルは複雑な感情を抱えてしまった。

確かに姉たちはそれぞれ人を魅了する部分を持っている。それが魔力によるものだとすると、メイベルはますます何もない――魔力すらもないダメな末姫ということになる。

そんなメイベルの様子に気づかぬまま、ユージーンは言葉を続けた。

「で、僕たちも高い魔力を持っているせいで、同じように顔にその傾向が出る」

「つまり、どういうことですか？」

「……あまり使いたい表現じゃないが、『顔が良すぎる』ということだ」

そこらの男が口にしていたら笑顔で聞き流す妄言だが、実際にユージーンの素顔を見ているメイベルからすれば、けっして過大な表現とは思えなかった。

（確かに、人間とは思えないほど整っていたわ……）

「魔術師の顔には魔力が伴っている。だから対策なしに直視すれば、相手は簡単に『魅入られて』しまう」

「魅入られる……？」

「簡単に言えば勝手に惚《ほ》れられる。ひどいとうなされたり、動悸《どうき》が止まらなくなったりもする」

キャスリーンで想像してみるとよく分かった。

彼女の顔を見た男性は即座にその美しさに魅了され、何としてでも口説き落とそうと挑んでくる。宮廷楽師から「魔性の美しさ」と謳《うた》われていたことがあったが、どうやら間違いではなかったようだ。

「故に僕たちは全員、仮面を着けて生活している。そこらでばたばた倒れられても困るからな」

まあ一部例外もいるが、とユージーンが付け足した。

「だから、おかしいんだ」

「何がですか？」

「お前、どうして僕に惚れていない？」

今までの話を総合すると、ユージーンの素顔を見たメイベルは、彼に心を奪われていなければならないはずだ。

だが仮面を外して素顔を見た時も、今改めて仮面を着けた彼の顔を見ても、メイベルの心には何の高まりもときめきも生じていない。

「ど、どうしてでしょう？」

「僕が知るかよ」

「も、もしかして、寝ていたから効果がなかったのかも！」

メイベルの言葉に、ユージーンは少しだけ考えるような仕草を見せた。

だが仮面がない状態でいくつか会話をしたことを思い出したのか、ばっさりと断言する。

「いや、それはない」

「う、ううん……」

これ以上は埒《らち》が明かないと察したのか、ユージーンはようやくベッドから立ち上がった。

「とりあえず、昨晩のことは忘れろ。全部だ」

「は、はい」

思わず返事をした後で、メイベルは慌てて引き留める。

「あ、でも、ちょっと待ってください！」

「なんだよ」

「またこんな風に倒れられるのは困ります。ちゃんとご飯は食べてください」

「僕がどこでどう倒れようがお前に関係ないだろ」

「いや関係ありますよ！　一緒に住んでる人に死なれたら夢見が悪いじゃないですか」

「そう簡単に死ぬか。僕は魔術師だぞ」

「でも心配はします！　大体、あの汚い部屋から誰がここまで運んできたと思っているんです⁉」

憤るメイベルに、さすがのユージーンも申し訳ないと思ったのか、少し声が小さくなった。

「い、いや、でも……」

「いいですか、ご飯はきちんと食べる。部屋の掃除をする。服は着替える」

「お、おい、なんか増えてないか」

「いーえ！　明日からしっかりお願いします」

メイベルはそう言い切ると、にっこりと笑ってみせる。

それを見たユージーンはしばし口を半端に開いていたが、やがて観念したのか悔しそうにその唇を閉じた。

◆

次の日、ユージーンは仮面の隙間から差し込む朝日で目を覚ました。

ぼんやりとする頭を無理やり持ち上げる。

「……？」

「あ、おはようございます」

ベッド代わりの長椅子から上体を起こす。

するとウィミィが爽やかな笑顔で部屋の窓を開け放ち、肌寒い風がびゅうとユージーンのそばを通り抜けた。

「お前……なんでここに」

「健康な体は規則正しい生活からです！　さあ、着替えて着替えて」

どこから探してきたのか、ウィミィから男性用の普段着一式を渡される。巻きつけた毛布も剝ぎ取られ、ユージーンは仕方なく起き上がった。

「また倒れられたら困りますから」

「……くそっ」

別室で着替えてきたユージーンから脱いだ服を受け取ると、ウィミィはすぐに部屋を後にした。

こんな早朝に起きるなんて何十年ぶりだ、とユージーンがぼやいている間に、再びウィミィが戻って来る。今度は手に銀のお盆を持っていた。

「はい。朝食です」

「食べたくない」

「ダメです」

また倒れる気ですか、と続けられユージーンは苦々しく唇を噛《か》む。

その様子にウィミィは勝ち誇ったように笑うと、彼が普段使っている机にお盆を置いた。そこには牛乳で柔らかく煮たオートミールの皿が載っている。

「僕これ嫌いなんだけど」

「胃に優しいものですから。早く元気になってくれたら、他のものも作りますよ」

「………」

ユージーンは降参したかのように椅子に腰かけると、スプーンですくってそれを食べ始める。

その姿を見て、ウィミィはほっと安心したように笑った。

◆

その日から少しずつ、メイベルはユージーンと関わることが増えていった。

「ユージーン様、この本はここでいいですか」

「いや一つ下の……赤い背表紙の隣に置いてくれ」

今日は二人でユージーンの部屋の大掃除だ。

彼の体調もすっかり戻ったらしく、最近では普通に食事を取ってくれるようになった。

メイベルはユージーンに確認しながら、床に積み重なった本を書棚に並べていく。

その途中、本の間に紛れていた一通の手紙を見つけた。差出人の欄には「ローネンソルファより」と書かれている。

「あの、手紙が出てきたんですけど」

ユージーンは不機嫌そうにそれを一瞥《いちべつ》すると、つまみ上げてそのままゴミ箱へと落とした。

ああっとメイベルが思わず声を上げる。

「て、手紙ですよ⁉」

「ああ。どうでもいい奴《やつ》からのな」

それだけ言うとユージーンは、倉庫に収納する本を抱えてさっさといなくなってしまう。

メイベルはむうと眉を寄せつつも、すぐに本棚の整頓作業に戻るのだった。


そんなこんなで数日が経過し、ユージーンの部屋はすっかり綺麗《きれい》になった。

食事も決まった時間に部屋で食べてくれるようになり、やはり一度倒れた経験が効いたのだろうか――とメイベルは一人満足げに洗濯物を畳む。

（これで少しは、仲良くなれているのかしら？）

相変わらず素顔は仮面に隠されたままだし、愛想も全然良くならない。

だが以前のような、突き放すような冷たさは感じなくなった。

（このまま友達になって、イクス王国を守ってくれたらいいのだけど……）

当初は、ユージーンの弱みを握るためにこの館に潜入した。

だが出来ることなら彼を脅すようなことはしたくない。とはいえ、ほいほいとその力をふるってくれる性格ではなさそうだ。

（好きなものとか嫌いなものが分かれば、何か交渉に使えるかも……）

うーんとメイベルが考え込んでいると、玄関からセロの声が聞こえた。

「ウィミィー。今日の分持ってきたぞー」

「あ、セロ！」

すぐにホールに向かい、缶詰や野菜、肉などの配達品を一つずつ確認していく。

頼んだものが今日もきちんと揃《そろ》っており、メイベルは嬉しそうに微笑《ほほえ》んだ。

「いつもありがとう。さすがセロだわ」

「そう言ってもらえて何より」

どこか得意げなセロを見て、メイベルはふと思いつく。

「そういえばセロは、ずっとここの配達を担当しているのよね？」

「そうっすね」

「ユージーン様が好きなものとか知らない？」

メイベルのその言葉にセロはしばらくきょとんとしていたが、視線を上向かせるとうむむと考え込んでしまった。

「好きなもの……？」

「そう。食べ物とかお菓子とか」

「と言われても、旦那はいつも缶詰ばかりで……あ！」

何かを思いついたのか、セロは人差し指をぴんと持ち上げる。

「苺《いちご》はどうですかね？」

「苺？」

「ええ。昔、いつもの缶詰と一緒にたまたま持ってきたことがありまして。いつもなら要らないものはそのまま残っているのに、それは無くなってた記憶があるんですよ」

（苺……）

ユージーンが食べている姿が想像できず、メイベルは少しだけ意外に感じてしまう。

だが苺であれば朝食やデザート、サラダにも使える。ユージーン懐柔計画に一役買ってくれそうだ。

「セロ、苺を持ってきてもらうことは出来るかしら」

「あー……時期が終わりかけなんで、うちにはもう在庫がないんですよ。あ、でもこの森の近くで取れたかも」

「それ、どのあたりか分かる？」

セロは鞄《かばん》から地図を出し、端っこにある四角形を指さした。

「これがこの館で、森を東側に抜けたとこ、分かります？」

「この崖の近くかしら」

「そうそう。この辺りがクサイチゴの群生地です。でも俺、明日は別の仕事があるからな……。三日後とかでよければ、ちゃちゃっと取りに行ってくるけど」

指折り数えるセロを見て、メイベルは改めて地図を確認する。

見たところあまり遠い場所ではなく、メイベルでも辿《たど》り着《つ》けそうだ。セロも忙しいだろうし、こんな個人的なお願いで仕事を増やすのは申し訳ない。

「ううん、いいわ。私が取りに行ってくる」

「えっ？　でも森を通り抜けないといけないし、草だってぼうぼうで」

「来る時も一人で越えたし、大丈夫だと思うわ」

「あの森を？　一人で？」

「うん」

それを聞いたセロはしばらく首をかしげていたが、やがて眦《まなじり》を下げて苦笑した。地図を畳むとメイベルへ手渡す。

「まあ確かにそこまで遠くはないし……でも無理はしないでくださいよ。この地図はあげますんで」

「え、もらうなんて悪いわ」

「帰れば予備があるんで」

んじゃ、と爽やかな笑みを浮かべてセロは帰っていった。

残されたメイベルは手にした地図を再度広げて厨房《ちゅうぼう》に戻る。セロから教えてもらった場所に印をすると、一人静かに拳を握った。

そして翌日。メイベルはあの鬱蒼《うっそう》とした森の前にいた。

一歩足を踏み入れると、相変わらず湿気を含んだ土に靴底が呑《の》まれる。う、と口の端を歪《ゆが》めながらも、メイベルは力強く進んで行った。

(相変わらず不気味な森だわ……)

よく考えたらセロはこんな森を一日おきくらいに往復しているわけで、メイベルは改めて彼に感謝を捧《ささ》げる。慣れていると言っても、決して楽な道ではないだろう。

途中、持ってきた水筒から少し水を飲む。

休憩を挟みながら、セロが教えてくれた辺りまで歩いていくと、木々の向こうにようやく開けた場所が見えてきた。

「……ここがそうかしら」

森を抜けるとそこには、眩《まぶ》しいくらいの陽光が降り注ぐ平地が広がっていた。

すぐ先は深い谷になっているようで、切り立った崖がむき出しの地肌を晒《さら》している。

(うう、高い……)

崖には近づかないと心に決め、周囲を見回す。

するど大きな岩の近くに白い花と小さな赤い実が揺れていた。

「あった！」

笑みを零しながら、メイベルはその一つを手に取る。

軽く拭いて口に入れると、絶妙な酸味と甘味が舌の上に広がった。

その後よく熟れているものを選んで一つ、二つと摘んでいく。あまり取りすぎてもいけないと、厳選しながら十個ほど麻袋に入れた時だった。

（……ん？）

空気の震えを感じて、メイベルはふと顔を上げる。

視線の先にいたのは、先ほど抜けてきた森と――その木々の合間からこちらを見ている金色の両眼。

（な、なに⁉　もしかして――）

暗がりからこちらへ近づいてきた途端、すぐに獣だと分かった。

犬より随分と大きい。狼《おおかみ》か。

よく見ると一匹ではなく、二匹、三匹――狼の群れはなおもゆっくりとメイベルに接近してくる。

（どうしよう、まさか狼がいるなんて……）

メイベルは対峙しながら後ずさりしたが、じわじわと彼我《ひが》の距離が縮まっていく。

（に、逃げ場が……）

崖際に追い込まれ、仕方なく足元にあった石を投げる。だが狼たちは全く怯《おび》える様子を見せない。

どうしようと振り返るが、谷底から吹き上げる風がメイベルの前髪を揺らすだけで、ただ恐怖が増しただけだった。そうこうしているうちに、ぐるる、と牙をあらわにした一匹が前足をかがめる。

まずい。

「――っ！」

狼は後ろ脚で力強く地面を蹴り、メイベルに襲いかかる。

咄嗟《とっさ》に身構えたメイベルはバランスを崩してしまい、崖から足を踏み外してしまった。

（――‼）

体に急激な重力がかかる。

谷底にぐんぐん引っ張られていくかのようで、メイベルは強く歯を噛みしめた。

だが、がくんという大きな反動と共に、突如その落下が止まる。

体が激しく上下に揺さぶられ、一瞬意識が飛びかけたメイベルだったが、自身の背中と膝裏を支えている両腕の存在に気づいた。

慌てて顔を上げると、そこには見覚えのある黒い仮面がある。

「ユージーン様⁉」

「……」

驚いたことに、ユージーンがメイベルの体を横向きに抱き上げていた。

そうっと下を見ると、底の見えない渓谷がぽっかりと口を開けている。

「動くと落ちるぞ」

「え？」

そこでようやく、メイベルは自分が空を飛んでいることに気づいた。どうやって、と目を白黒させていたものの、ユージーンの背中越しに見えたそれですべて理解する。

白く輝くような翼。

まるで巨大な鳥のように、彼の背中から壮麗な両翼が伸びていたのだ。

「あ、あの、その羽は……」

「………」

メイベルが混乱するのにも構わず、ユージーンはばさりと音を立てて力強く羽ばたく。

高度がわずかに上がり、頬に心地よい風が当たった。

少しだけ気分が落ち着いたメイベルは、遠く離れていく森の方をちらりと窺《うかが》う。随分と小さくなった狼たちの姿が崖の先端に見え、メイベルはやっぱり夢じゃなかったと怖気《おじけ》づいた。

するとユージーンがぼそりと呟《つぶや》く。

「……どうしてシャドウの狗《いぬ》がいるんだ」

「狗？」

尋ねてみたが、聞こえなかったのか返事はない。

やがてユージーンの館が見えてきて、彼は二階にある自身の部屋のバルコニーまでゆっくりと高度を下げた。慣れた様子で着地すると、無言のままメイベルを下ろす。

「あ、あの、ありがとうございました！」

「別に。森に施していた術が破られたから見に行っただけだ」

「術？」

そう尋ねながらも、メイベルの目は彼の両翼にくぎ付けになっていた。

黒いコートの隙間から伸びる純白の羽。

先ほどまでは左右に大きく広げられていたが、今は小さく折り畳まれている。

「あの森は僕が許した者以外が入ると、惑わせる仕組みになっている」

それを聞いたメイベルはうん？　と首をかしげた。

「惑うとどうなるんですか？」

「ここまで辿り着けず、入った場所に戻される」

「でもあの、私最初から、普通に館に来られたんですけど……」

するとユージーンは仮面越しにじっとメイベルを睨《にら》んだ。

「……だから最初に聞いただろ。どうやって森を抜けたと」

そういえば言われたような気もする。

「理由は分からないが、顔のことといい、僕の魔術はお前に効かないのかもしれないな」

「は、はあ……」

いまいち腑《ふ》に落ちないメイベルを残し、ユージーンは肩から生えていた白い翼を指先でとん、とんと叩《たた》いた。途端に光の粒に分解され、あっという間に大気に混じって消えていく。

どうやらあの翼も魔術によるものだったようだ。

「それで？　お前はどうしてあんな場所にいた」

「そ、それは、その……」

再び睥睨《へいげい》され、メイベルはこくりと息を吞んだ。

こっそり準備して驚かせるつもりだったが、命の危機を助けてもらった以上、誤魔化すのも気が引ける。

「……実は、苺を取りに行っていました」

「苺？」

おずおずと鞄から麻袋を出し、袋の口を開いて見せる。

ユージーンはそれをのぞき込むと、心底呆《あき》れたようにため息をついた。

「くだらない。そんなもの出入りの商人に頼めばいいだろう」

「セロも忙しそうだったし、近くだし、行けるかなと」

「命を懸けるほど好きなのか？」

ふん、と馬鹿にしたような笑みが聞こえる。

メイベルは言うべきか迷ったが、聞こえるか聞こえないかという小さな声で呟いた。

「あなたが好きだって聞いたから……」

言った後でなんだか恥ずかしくなって、メイベルは思わずうつむいた。

また馬鹿にされる、と覚悟していたのだが――何故《なぜ》かユージーンの悪態は聞こえてこない。

疑問に思って顔を上げると、口を半端に開けたユージーンと目が合った。

「……はあ？」

（……？）

乱暴な返事とは裏腹に、ユージーンの顔が徐々に真っ赤に染まっていく。

きょとんとしたまま二、三度瞬《まばた》くメイベルを前に、彼はすばやく踵《きびす》を返すと、足早に部屋に向かって歩いて行った。

その背中に、メイベルが慌てて声をかける。

「あ、あの、嫌いでした？」

「知らん！」

そのままユージーンは室内へと戻ってしまった。

メイベルは苺を持ったまま、ぽつんとバルコニーに取り残されてしまう。

（……とりあえず、今日のデザートに出してみようかしら）

大事に苺を鞄にしまい、夕食は何にしようと考える。サラダに入れてもいいし、アイスクリームに添えてもいい。ユージーンはどんな食べ方が好きだろうか。

そんなことを考えていたメイベルは、ふとユージーンの腕の感触を思い出した。

（わざわざ助けてくれたんだわ……）

言ってしまえばたかがメイド一人。

崖から落ちたところで、ユージーンが助ける義理はどこにもない。

（私が勝手に住んでいるだけだから、何があっても放置されると思っていたのに……）

でも助けてくれた。

あのしっかりとした両腕で。

彼は周囲の人が考えるほど冷酷でも、人嫌いというわけでもないのかもしれない。

（それにしても、男の人ってすごく力が強いのね。私一人抱えても、体がびくともしなかったし……）

初めて空を飛ぶ感覚にも驚いたが、男性に抱き上げられたのも初めてだ。

なんだろう、心臓がどきどきする。

狼から逃げられてほっとしているのか、ようやく助かったことを実感しているのか——

「……私、いったいどうしたのかしら」

何故か頬が熱い、とメイベルはぴしぴしと手のひらで叩いた。

# 第五章　マスカレイドの狂宴

メイベルがユージーンの元で暮らし始めて、一ヵ月が経過した。

来た時は荒廃していた館内も、今では見違えるほど綺麗《きれい》になっている。

晴天の今日、メイベルは洗い終えたシーツやタオルを庭に干したあと、ふうと額を拭った。

（いい天気……）

風で優雅にはためく布たちを満足そうに見つめていたメイベルだったが、しばらくして「ん？」と眉を寄せる。

「……いけない。私、何しにここに来たのかしら」

元々は自分とユージーンの婚約を阻止し、代わりに彼の弱みを握って脅してイクス王国を守ってもらおう、という計画だったはずだ。

それがどういうわけか、甲斐甲斐《かいがい》しく彼の館を掃除し、彼の食事を作り、彼の服を洗濯し――やっていることは、以前の姉たちの世話と変わりないではないか。

（どうしよう、やっぱり何か弱点を探す？　でもそれらしいものは見当たらないのよね……）

たびたび彼の部屋にも入っているが、怪しいものは何もない。

どこかに出かけることもなく、館を出たのはメイベルを助けに崖に来てくれた時くらいか。

うむむ、とメイベルが悩んでいると、背後から声をかけられた。

「ねえ君、ここで何してるの？」

「え？」

セロとは違う男性の声に、メイベルは慌てて振り返る。

だがすぐに顔を強張《こわば》らせた。

「あ、あの、その……」

「メイドさんかな？　でもあいつが雇うとは思えないなあ」

その男はユージーンよりもさらに背が高く、非常に均整の取れた体つきをしていた。

赤い髪に長い手足。節の目立つ手は大きく男らしい。笑うとこぼれる歯は白く、非常に爽やかな印象を与えた。

ただ一点――彼の顔の上半分は、真っ赤な仮面で覆われている。

それが意味することを、メイベルは嫌というほど知っていた。

「え、ええと、私はその、ユージーン様の婚約者――」

「えっ」

「――に、お仕えしている、メイドのウィミィです!!」

ああ、と仮面に覆われていない口が笑みを描いた。

それを見てメイベルは心臓がどきんどきんと大きく脈打つのを感じる。

危なかった。まだ疑われるわけにはいかない。

（この人……きっとユージーンと同じ『仮面魔術師』だわ）

二人目の仮面魔術師――赤い髪の男は口元に人差し指を当て、うーんと唇を尖《とが》らせた。

「でもそんな面白そうな話、なんで教えてくれなかったんだろう」

「あの……？」

「まあいいや。ユージーンはどこにいる？」

仮面越しの目がちらりとメイベルを捉えた。

その虹彩《こうさい》は赤色で、メイベルは何故《なぜ》かぞくりとした感覚に襲われる。

「ユ、ユージーン様なら、いつもの部屋におられると思いますが……」

「なるほど、よかったら案内してくれないかな」

「失礼ですが、ど、どちら様でしょう？」

「ああそうだね。まだ名乗ってもいなかった」

そう言いながら彼は、自身の仮面に片手を添えた。

そのまま慣れた仕草で外す。

（仮面を――取った⁉）

メイベルは驚き、視線が彼の顔から離せなくなってしまった。

彫刻が動いているかのような、計算されつくした目鼻立ち。男性らしい骨格に、長い睫毛《まつげ》と幅の広い赤色の瞳。肌のきめは女性のように細かく、赤い髪が白い肌によく映えていた。

「はじめまして、ウィミィちゃん。俺はローネンソルファ・アントランゼ。長いからロウと呼んでくれて構わないよ」

「は、はあ……」

顔が整いすぎているせいか、一見ひどく冷たい印象にも見える。

だが笑みを滲《にじ》ませた途端、急に親しみやすい雰囲気に包まれた。そのギャップに心を奪われる女性は多そうだ。

（ユージーンとはまた違うけど……この人も目が覚めるような美形だわ）

メイベルははじめ、胸が締めつけられるような違和感を覚えた。

しかしすぐにいつもの調子に戻り、そこでようやく、以前ユージーンの部屋で見つけた手紙のことを思い出す。

（差出人の名前……。あれは仮面魔術師からの手紙だったのね）

知人であれば案内しても問題ないだろう。

メイベルは楚々《そそ》とした笑みを浮かべると、すぐにロウに向かって頭を下げた。

「ロウ様ですね。どうぞこちらへ」

「…………」

メイベルのその様子に、ロウは幅広の目をわずかに見開く。

だがすぐに目を細めると、先導するメイベルの後をおとなしく付いて行った。

◆

「……何しに来た」

「やあユージーン、十二年ぶりかな。あれ、二十五年だっけ？」

客が来たと呼ばれて応接室に来てみれば、そこにはソファに悠然と腰掛ける腐れ縁・ロウの姿があった。そのまま帰ろうと踵《きびす》を返すユージーンを、ロウが慌てて呼び止める。

「待って待って。久しぶりなんだから話くらいいいじゃん」

「時間の無駄にしか感じないんだが」

「だって俺たちの時間なんて、一生暇つぶしみたいなもんだし」

微笑《ほほえ》むロウを見て、ユージーンは深いため息をついた。

近くのソファに横柄に座り込むと、ロウがすぐに口を開く。

「しかしびっくりしたなあ、ユージーンが結婚するなんて」

「いきなり何の話だ」

「だって案内してくれたウィミィちゃん、ユージーンの婚約者付きのメイドなんだろ？」

「そうらしいな」

「専属メイドが先に来てお世話してるってことは、もう結婚まで秒読みってことじゃん」

ひゅーと口笛を吹くロウを、ユージーンは心底嫌そうな目で睨《にら》みつけた。

「結婚するなんて言ってない。あいつは勝手に来て住んでるだけだ」

「またまたー。だって専属のメイドがいるってことは、どこかのお姫様かご令嬢でしょ？　俺たちの相手としては破格じゃーん」

「一度も会ったことのない人間と、どうして結婚しようなんて思えるんだ？」

そこへ軽いノックの音が響いた。

失礼しますという言葉とともに、ウィミィがティーセットを載せたワゴンを部屋に押し入れる。手際よく紅茶を入れ、ロウとユージーンの前にカップと焼き菓子を並べた。

「ありがと、ウィミィちゃん♡」

「いえ。お口に合うかは分かりませんが」

ウィミィは控えめに微笑むと、ワゴンとともにすぐに応接室を後にした。

ユージーンは自分のカップを手に取る。

「大体、本人が来るならまだしも、メイド一人来させて様子見という性根が気に入らない」

「まあ、お嬢様なんてそんなもんでしょ。そもそも普通の親だったら、娘を魔術師と結婚なんて絶対させないと思うし」

なんか裏があるのかねーとロウは焼き菓子を口に運ぶ。

「まあな。僕に何かしてほしければ、自分で来いと言ってやる」

「誰が来たところで、ユージーンは協力しないでしょ」

ロウはあははと嬉《うれ》しそうに笑うと、紅茶に口をつけながら、思い出したように口にした。

「そういえばウィミィちゃんってさ、何かユージーンが守護とかしてるの？」

「いや？」

うーん、とロウは首をかしげる。

「いや実はここに来るまでに、顔を見せたんだけどさ」

「……は？　顔を見せた？」

「うん。でも魅了されなかったから、ちょっとびっくりして」

それを聞いたユージーンは苛立《いらだ》ちをあらわにした。

「お前、女だからって見境なしに顔を見せるなとあれほど」

「あはは、ごめんごめん。だって女の子って可愛《かわい》いからさあ～。もちろん、別れる時はその間の記憶全部消してるし」

ユージーンとは違い、ロウは気に入った女性とみると、素顔を晒《さら》して惚《ほ》れさせる悪癖があった。

あれだけ整った顔に生来の性格も相まって、相手の女性は百発百中で恋に落ちる。

だがそんな彼の顔を見ても、ウィミィは魅了されなかったというのだ。

「僕は何もしていない」

「だよねえ。でもこんなこと、今まで一度もなかったんだよな。偶然かなあ」

「…………」

未《いま》だ疑問符を浮かべるロウを前に、ユージーンはふとこれまでの経緯を思い出していた。

（たまたま、僕の魔術に対する耐性が高いのだと思っていたが……。ロウの魔術でも効かないとなると――）

ロウは魅了の魔術に対する理解度がユージーンより遥《はる》かに高い。

そんな彼でも敵わないとなれば、いよいよ偶然とは言い難《にく》かった。

（やはり、あいつ自身に何かがあるのか……？）

しばらく考え込んでいたユージーンだったが、まだ何か確証や仮説があるわけでもない。

ロウに打ち明ける必要もないだろうと、そのまま言葉を呑《の》み込《こ》んだ。

「そんなことより、何か話があって来たんじゃないのか？」

「ああ、そうだった。実はウィスキのことなんだけど」

「ウィスキ？　ここの隣か」

「うん。数年前から軍備強化を始めた話は聞いてる？」

ロウの言葉に、ユージーンは軽く握った手を口元にあてた。

長年の引きこもりとはいえ、使い魔による多少の情報収集はしている。ウィスキについてのきな臭い噂《うわさ》も聞いており、ここ最近の兵器の輸入量や、建造している軍事施設から考える限り、近いうちに戦争を始めるのは間違いないだろう。

「実はそれに『シャドウ』が関わっているという噂があってね」

「シャドウが？」

ユージーンはわずかに仮面の下の目を眇《すが》めた。

シャドウというのは『元型《アーキタイプ》』の名称だ。

魔術師にはそれぞれ得意とする魔術の系統があり、例えばユージーンは『アニマ』、ロウは『トリックスター』という元型に分類される。

だがその魔術師も今は一つの元型に一人いるかいないか。

『シャドウ』もその一人であり、二人ともまだ会ったことのない魔術師だった。

「魔術師が国政に関わっていいのか?」

「まあどこまでかによるわな。俺もイズミとは協定結んでるし、シリシスシャストもヒ・タと顧問契約を結んでるはずだ」

強大な力を持つ魔術師は、基本的に一つの国家に強く肩入れすることをよしとしない。

しかし彼らとてこの世界で生きていく身。その存在を、ある程度友好的に認めてくれる国を確保しておく処世術は必要だ。

ユージーンも特に個人的に契約を交わした国はないが、このイクス王国には多少の計らいをしてもらっている。

「だが破壊行為への参与は許されないだろ」

「そこなんだよねえ。どうしちゃったのかシャドウは……」

魔術師が本気で魔術を行使すれば、一つの国くらい軽く吹き飛ぶ。

そのため、他国への侵略や戦争を起こすといった行為に加担すべきではない、と師匠となる先代魔術師から教わっているはずだ。

押し黙るユージーンの前で、ロウはカップに残っていた紅茶を飲み干すと、そのままテーブルへと戻した。二つ目の焼き菓子へと手を伸ばす。

「というわけで、どうするのかなと思って」

「どうする、とは？」

「だってウィスキが侵攻するとしたら、まずはここ、イクスでしょ。守るのか、それとも逃げるのか。向こうにシャドウがいるとすれば、ユージーンだってただじゃ済まないよ」

「それはそうだろうな」

「一応、昔馴染《むかしなじ》みなわけだし？　心配して来てあげたってわけ」

ふふんと笑うロウを見て、ユージーンは深いため息をついた。

「お前に心配されるまでもない。ここまで戦火が及べば移動するだけだ」

「あれ、戦わないの？」

「どうして」

「だって婚約者ってイクスの子だろ？　愛する奥さんの国が無くなってもいいのかい」

それを聞いたユージーンは、先ほどよりも更に深い嘆息を漏らした。

「だから、どうしてそんな話になる？　大体結婚しようがしまいが、僕にこの国を守る理由も義理もない。面倒なことになれば僕は逃げる。それだけだ」

そうユージーンが言い放った直後、控えめなノックと扉を開ける音が聞こえる。

見ればウィミィが、再びワゴンを押して部屋に入って来た。

「あの、お茶のおかわりはいかがでしょうか」

「あ、ちょうどよかった。貰《もら》っていいかな」

先ほどまでの重たい空気は、ロウの嬉しそうな声によってすぐに掻《か》き消《け》される。

ウィミィが新しい紅茶を準備する傍ら、ロウは先ほどの話はまずいと思ったのか、まったく違う話題を持ち出した。

「そういえばそろそろだね。新月」

「……ああ、もうそんな時期か」

「今回も上手《うま》く越せると良《い》いんだけど」

ウィミィは手早く二人に新しい紅茶を出し、古いカップを下げる。

そのまま使用人の鑑《かがみ》のごとく、何も聞いておりませんとばかりに隅で片付けをしていた。

「ユージーンはどうしてるんだい」

「どうもしない。部屋に鍵をかけて籠《こも》るだけだ」

「まあそうだよねえ。俺もこの日だけは女の子と寝られないから寂しくてさあ」

ロウのへらへらとした口ぶりを聞きつつ、ユージーンは「で、結局こいつはいつまでここにいるつもりなんだ？」と苛立ちながら熱い紅茶を一気に流し込んだ。

◆

白いクロスを張ったワゴンを押しながら、メイベルは廊下を無言で歩いていた。

やがて足を止め、窓ガラス越しに澄み切った青空を見上げる。そこには非常に細くそがれた白い月が、うっすらと浮かんでいた。

(新月……)

新しいお茶を出しに部屋に入った時、「新月」という単語を聞いた。

魔術師同士が話している以上、彼らに深く関わる事柄に違いない。

(新月の日に何かあるのかしら?)

ロウと名乗ったあの魔術師は、「上手く越せると良い」とも言っていた。

もしかしたら彼らの秘密に関わる何かかもしれない。

それは――ユージーンの『弱点』になる可能性もある。

(もしかしたら、チャンスかも……)

メイベルは高まる期待を抑えるかのように、こくりと息を呑んだ。

◆

そうして迎えた新月の日。

夕食後、空になったユージーンの食器を部屋から運び出していたメイベルは、廊下の窓から外を眺めた。月がないせいか、なんだか今日は星がよく見える。

(新月……いったい何があるのかしら)

一日中ユージーンのことを観察していたが、特段普段と違う様子は見られなかった。

やはり魔術師同士の、単なる世間話の一つに過ぎなかったのだろうか。

（ちょっとがっかり……。今日もいっぱい働いたし、もう寝ちゃおう……）

食器を洗い、明日のパンの仕込みをする。

厨房《ちゅうぼう》のあらかたを片付けたメイベルはさっさと自室に戻ると、就寝用の簡素なドレスに着替え、髪を整えてベッドに入る。

（おやすみなさい……）

そうしてメイベルはいつものように眠りについた。


――ヴヴ、ヴヴゥ。

「……？」

メイベルは奇妙な音で目を覚ました。

最初はベッドに入ったまま聞き耳を立てていたが、その音が鳴りやまないのを確認すると、ゆっくりと体を起こす。

――ヴヴゥ、ヴヴゥ。

「……何の音？」

空気が震えているような、動物の鳴き声のような。

今まで聞いたことのないその音に、メイベルは慎重に耳を澄ました。

（館の中から聞こえてくる……）

簡単な羽織物《はおりもの》を肩にかけてベッドから下りると、そのまま廊下に出る。

窓ガラスの向こうには美しい星空が広がっていたが、不思議な音はなおも鳴り続けていた。

(廊下の……奥？)

やがて突き当りにある、ユージーンの部屋へとたどり着く。

恐る恐る扉に耳をくっつけると、確かにその向こうからあの謎の音が響いていた。

「ユージーン様？」

心配になりノックをする。

返事はなく、メイベルはすぐに押し開けようとした。

だが普段開け放しているはずのドアには何故か鍵がかかっており、いっこうに開く気配がない。

「ユージーン様、大丈夫ですか⁉」

扉のこちら側から、メイベルは必死に声をかける。

しかしユージーンからの応答はなく、メイベルは妙な胸騒ぎに襲われた。

(いったい何の音？　それに――)

すると突然、ドン、という重低音が床を伝ってメイベルの足裏を揺らした。

その振動に驚愕《きょうがく》したメイベルは、居ても立っても居られなくなり、更に何度も扉を叩《たた》く。

「ユージーン様、ユージーン様‼」

(ダメだわ、なんとかして中の様子を確認しないと……)

だがここから入れる感じはなく、かといって他に扉もない。

と、そこまで考えた時、メイベルはユージーンの部屋にあるバルコニーを思い出した。

確かすぐ傍《そば》に大きな木が生えていたはずだ。

（窓からなら、中の様子が見えるかもしれない！）

メイベルは急いで城の外に出ると、そのままユージーンの部屋がある方向へと回り込んだ。

二階の突き当りにあるバルコニー。あれだ。

見れば近くに立派な木が数本伸びており、メイベルは駆け寄って木肌に触れる。幹の太さも硬さも申し分なく、登っても簡単に折れたりはしなさそうだ。

メイベルは一度だけ上を見上げ、己を励ますように呟《つぶや》いた。

「い、いくわよ……！」

家事は得意なメイベルだが、正直なところ木登りは初挑戦である。

長姉のガートルードがすいすい上ってしまうところを見たことはあるが、メイベルはそれを下から眺めていただけだ。

だがここで何もせずにいて、取り返しがつかないことになったら、きっと後悔する。

メイベルは長く息を吐き出すと、恐る恐る右手をいちばん下にある枝の股へとかけた。

（お父様、お母様、お姉様たち、ウィミィ、力を貸して――）

左足、左手、右足と少しずつ順番に動かしていき、慎重に登っていく。

相変わらず大気を震わせるような音と、ズドン、と地を穿《うが》つような衝撃は続いており、メイベルは額に汗を浮かべながら、ただ必死にバルコニーを目指した。

（あと、ちょっと……）

ようやく二階の高さにまで登りきる。

はあはあと息を吐きながら手すりを摑むと、そのまま勢いよくバルコニーへ転がり込んだ。

（こ、怖かったー！　落ちなくて本当に良かった……）

震える足と収まらない動悸《どうき》を宥《なだ》めながら、メイベルはすぐさま窓に駆け寄った。

だがカーテンで閉ざされており、中の様子は見えない。窓には鍵がかかっており、メイベルは少しだけ逡巡《しゅんじゅん》したあと、自分が履いていた靴を脱いだ。

（ごめんなさい、でも何が起きているか、確かめないと――）

靴を手に持ち、鍵の近くのガラスを叩く。

最初は弱い力で打ち付けていたのだが、なかなか割れずに二度目、三度目と徐々に込める力を強める。やがてメイベルが力の限り叩きつけた時、ようやくガシャンと砕け落ちた。

「あ、開いたわ……！」

急いで穴から手を伸ばし、裏側にある鍵を押し上げる。窓枠をずらすと、少しだけ開いた隙間から冷たい風が吸い込まれ、ぶわりと室内側にカーテンが浮き上がった。

必死に目を凝らすが、部屋の中は真っ暗で何も見えない。

「ユージーン様？」

一声かけ、メイベルが足を踏み入れる。

するとその直後、怒号のような声が飛んできた。

「来るな！」

思わずびくりと足を止める。

驚くメイベルをよそに牽制《けんせい》は続いた。

「絶対に来るな！　何も見るな！　どっか行け！」

「ユージーン様……？」

それは確かにユージーンの声のようだったが、一方で奇妙なノイズのようにも聞こえた。

正確にはひどく濁っているというか、彼の声以外に何かが混じっているような。

「あの、ユージーン様、ですよね？」

メイベルは出来るだけ静かに声をかける。

だが返事はなく、仕方なく問いかけを続けた。

「大丈夫ですか？　ずっと変な音がしていて、時々大きな音も……」

暗闇の中、メイベルは手探り状態で足を進める。

だが割れたガラスを踏んだ瞬間、再びユージーンの叫びが耳をつんざいた。

「だから！　来るな!!　なんなんだよお前!!」

ようやくユージーンの姿が見えてくる。

しかしそれを目にした途端、メイベルは思わず絶句した。

同時に、きゅう、と締め付けられるように胸が痛む。

（……何？）

本に埋め尽くされた彼の部屋。

その中心に――『それ』はいた。

「……ユージーン様？」

『それ』は黒い塊のようだった。

だがよく見ると、長く黒い毛が密に生え揃ったものだと分かる。

その体はなだらかに隆起し、人の呼吸のように定期的に小さく上下していた。

かなり大きく、何の動物かまったく分からない。

「ユージーン様、ですよね……？」

「……見るな……」

メイベルが目を凝らすと、胴体から伸びる四本の脚が見えた。

獣のそれのようだが、そのつま先にはあり得ないほど鋭い爪が伸びている。

視線を動かすと、『それ』の目とぶつかった。まるで三日月のような金色で、中心にある黒い瞳孔は糸のように細くなっている。

（何なの？　これ……）

するとメイベルが瞬《まばた》きした隙に、『それ』は一瞬で部屋の奥へと逃げた。

息をするたび、ヴヴゥという声が漏れる。

ずっと聞こえていた謎の音は、この獣が呼吸をする音だったらしい。

「…………」

獣はユージーンが愛用している毛布を身に絡め、大きな体を限界にまで縮めている。

時折震えるように呼気を吐いている姿は、怒っているというよりはむしろ、怯《おび》えているという方がしっくりきた。

「……ユージーン様、ですよね」

室内に他に人の姿はない。

メイベルが問いかけると、『それ』は先ほどよりも崩れた声で答えた。

「ああ……そうだ……。僕だ……」

『それ』が確かにそう答えたことで、メイベルは少しだけ安堵《あんど》した。

間違いなくあれはユージーンだ。

だがこの姿はいったいどういうことだろう。

「どうして、そんな姿に？」

「……新月だ。二年に一度、『棺《ひつぎ》の新月』と呼ばれる暦がある。今日がちょうどそれだ」

ユージーンは毛布にうずまるようにして、ずっとうつむいていた。

今も苦しそうに息を吐きだしているが、徐々にその速度が上がっている。

「その夜だけ、僕らは姿が変わる。こんな、――ァ、ああぁ！」

最後の方は絶叫に変わった。

ユージーンは毛布を引きちぎる勢いで、ドン、ドンと何度も頭を床にぶつけている。

「だ、大丈夫で――……っ！」

慌てて駆け寄ったメイベルだったが、突然目の前を走った強い風に足を止めた。

目の下に違和感を覚え、そろそろとそこに指を添わせる。するとぬるりとした赤い液体が付き、それをみたメイベルはこくりと息を呑んだ。

（血……？）

改めて注視すると、ユージーンの鋭い爪がこちらを向いている。

「………」

「近づくな！　くるな、来るな……来ないで、くれ……！」

そう喚《わめ》くとユージーンは、再び頭を抱えて縮こまった。

それを見たメイベルは、どうすればいいのか分からず立ち尽くす。

（どうしよう……でも、すごく苦しそうだし……）

その夜だけ、と言っていた。

ということはこのまま一晩待てば、元のユージーンに戻るのではないだろうか。

そう思い、改めて獣姿の彼を見る。

呼吸はいっそう荒くなっており、暴れ回る頻度も増している。勢い余って家具や本にぶつかっていることも多く、今も本棚の角に何度も頭を打ち付けていた。

きっと全身にひどい怪我《けが》をしているに違いない。

（一晩……この状態で？）

夜が明けるまで、しばらく時間がかかるだろう。

このままの状態で放置して、元に戻った彼の体がはたして無事なのか。

「…………」

唇を引き結んだメイベルは数歩後ろに下がると、窓にかかっていたカーテンをむしり取った。

かなり厚みがある布なので、あの爪でもそう簡単には破かれまい。

「ユージーン様、ごめんなさい。……少しだけ我慢して」

メイベルはカーテンを盾にすると、そのままユージーンに向かって駆け出した。

彼もそれに気づいたのか、悲鳴に近い拒絶を発する。

「来るな、くるな――」

気がつけばメイベルは、彼の首元に飛び込んでいた。

黒い毛は固くごわごわとしており、メイベルは必死になって鋭い爪を押さえつける。

「大丈夫だから！」

びくり、と獣の体が震えた。

メイベルはそのまま彼の全身をカーテンで包むと、とりあえずその背中を撫《な》でてみる。

「どこが痛いの？　息は出来る？」

「……どう、して」

狼《おおかみ》のように長く伸びた鼻筋。

口からは鋭い歯が何本ものぞいていた。

その恐ろしい外貌に思わず声を上げそうになるが、ここで悲鳴を上げてしまったら、きっと彼はショックを受けてしまうだろうと、メイベルは必死に恐怖を飲み込む。

「大丈夫。朝まで傍にいるから」

「…………」

ユージーンはちらりとメイベルの方を見たかと思うと、金色の目を静かに眇めた。

苦しそうな呼吸の合間、途切れ途切れに彼の言葉が聞こえる。

「あたまが、いたい……」

「頭？」

額と思われる場所に手を当てる。外傷からの痛みかとも思ったが、何度も頭をぶつける動作を見る限り、どうも内部から痛むようだ。

メイベルは仕方なく、そのままゆっくりと撫でる。

これで治るとは思えないが、何もしないよりはましだろう。

「どうかしら、少しは楽になると良いんだけど……」

「…………」

相変わらずユージーンの呼吸は不規則だったが、暴れ回らないところを見ると、痛みが増しているわけではなさそうだ。確かな手ごたえを感じたメイベルは、その肩や背中にも優しく触れていく。

やがてユージーンの息が、明らかにおとなしくなった。

爛々《らんらん》とした金色の目は閉じられ、糸が切れたように静かな寝息を立てている。

（……良かった……）

嬉しくなったメイベルは、よしよしと獣の頭を撫でる。

メイベルはそのまま、夜が明けるまで彼の体をさすり続けていた。

◆

ユージーンは早朝の冷たい風で目を覚ました。

瞼《まぶた》を持ち上げると、開け放たれたバルコニーの窓が見える。

窓の一部は割れ、その下には細かなガラス片が散らばっていた。視線を落とすと、人のものに戻った自身の手がある。軽く握って開いてを繰り返し、そのまま自分の体を見た。

変化が始まった時点で服は破れていたため、当然裸である。だがその体には古ぼけた分厚いカーテンが巻かれていた。

それごと自分を抱きかかえるようにして眠る、一人の少女。

（……こいつ）

素顔を見られた時に、惚れられるという現象。

それはいわば「見た者の心を掴む」という魔術が自動発生している状態だ。

だが棺の新月の時は体が変化し、力も制御出来なくなるため、その魔術も歯止めが利かなくなる

——具体的には『獣の姿を見た相手の心臓は止まる』と言われていた。

（だから、近寄るなと言ったのに……）

こちらに寄りかかるようにしてすうすうと眠るウィミィを見ながら、ユージーンは眉を寄せる。

一晩中こうして彼の体を撫でていたから、疲れてしまったのだろう。

（どうしてお前には、魔術が効かない？）

自分の素顔を見ても、ロウの素顔を見ても魅了されなかった。

それどころか棺の新月で変化した獣姿を見ても、いまだ平然と生きている。

（獣の僕を、見ているのに――）

ユージーンはそっとウィミィに手を伸ばすと、頰にかかっている髪を軽くどける。

するとウィミィが「んん、」と短く声を上げた。

「……！」

ユージーンは弾《はじ》かれたように手を引っ込めたが、ウィミィは起きることなく、むにゃむにゃと口元を動かすと、また眠りに落ちてしまった。

よく見ると彼女の頰には大きな切り傷がついており、ユージーンは口を閉ざす。

（僕が、つけたのか……）

獣になっている間の記憶はかなりおぼろげだ。

いつも襲われるひどい頭痛。のたうちまわりながら苦しんでいた時、突然窓が開き、カーテンが翻った。くすんだ白色の布が誰かの人影をうつす。

こんなところに人が来るはずがないと、惨めに床にひれ伏したままそちらを仰ぎ見た。

そこにはたくさんの星が輝く藍色の空と、ひと際美しい緑色の目があった。

柔らかそうな茶色の髪がさらさらと揺れて、泣きそうなのにその表情はどこか必死で。


——ああ、なんてきれいな、と。


棺の新月に堕《お》ちている時、人らしい感情を思い出すことなど今までなかった。

ただ無慈悲に与えられる苦痛に、ひたすら一人で耐え続けるしかなかった。

それがあの一瞬だけ、意識が戻ったのだ。

まるで雷に打たれたかのように。

（……窓からなんて、怖かっただろうに……）

拒絶し、何度もひどい言葉を吐いたにも拘《かか》わらず、彼女はユージーンの傍に来てくれた。

恐ろしい爪や牙に逃げ出すこともなく、隣で一晩中体を撫でてくれた。

（こんなに小さくて、脆《もろ》い、生き物なのに……）

ユージーンはウィミィを起こさないように慎重に這《は》い出《だ》すと、クローゼットに入っていた服を取り出してすばやく着替えた。

床で眠っている彼女の体の下に手を差し込むと、横向きに抱きかかえる。

（ウィミィ……）

ここまでしてもまだ起きないようだ。

呆《あき》れたユージーンがウィミィを見下ろすと、楽しい夢でも見ているのか、彼女はふふと笑ってユージーンの胸板に顔を寄せた。

その瞬間、自身の頬がかっと熱くなったのが分かる。

「まったく、無防備な奴《やつ》……」

どうやら——魅了の魔術はユージーンへ跳ね返ってしまったらしい。

# 第六章　婚約の終わり

メイベルが目を覚ますと、そこは自分のベッドの上だった。

「……？」

恐々と体を起こす。

服は昨日寝た時のまま。手も足も汚れていない。

すぐに目の下に手を添えるが、痛みどころか傷跡すら分からなかった。

（どうなってるの……？）

昨日の夜、窓からユージーンの部屋に乗り込んだ。

そこで恐ろしい姿になった彼と会って、そして――

「起きたか」

「……!!」

その声に顔を上げると、扉にもたれるようにしてユージーンが立っていた。

昨夜の獣姿は影も形もなく、いつもと同じ人間の体だ。

「あの、私、昨日……」

「昨日のことは忘れろ」

ばっさりと言い切られてしまい、メイベルはそれ以上何も言えなくなってしまう。

代わりにユージーンが言葉を続けた。

「ウィミィ」

「は、はい！」

「……今日は一日、ゆっくりしていろ」

「え……」

ユージーンはそれだけ告げると、そのままさっさと部屋を出て行ってしまった。

部屋に残されたメイベルはしばらく思い返したあと、あれ、と首をかしげる。

「もしかして今……名前を呼んでくれた？」


その日からユージーンの態度は一変した。

労《いたわ》りの言葉は口先だけではなく、なんとユージーンが食事を作って持ってきてくれた。

簡単なオートミールとスープで、具材も味もかなり独特だったが、ユージーンが作ってくれたというだけで、メイベルにとっては驚きだ。

さらに次の日、メイベルが元気になってからも彼の甲斐甲斐《かいがい》しさは続いた。

例えばメイベルが洗濯物を外に運んでいると、いきなり突風が起き、籠の中のシーツが次々とさらわれていったことがあった。

慌てて追いかけると、干し物用に掛けているロープに綺麗《きれい》にかかっている。

何が起きたの、とメイベルが瞬いていると、バルコニーからこちらを見下ろしているユージーンと目が合った。彼はすぐに姿を消してしまったものの、どうやらわざわざ魔術で手伝ってくれたらしい。

ついでに古びた厨房《ちゅうぼう》にも驚くべき改造がなされていた。

今まではかまどの火が消えてしまった場合、いちいち火打金で着火しなければならなかった。

だがユージーンが魔術を施してくれたのか、かまどの傍《そば》に書かれた文字をなぞるだけで、簡単に火が起こるように進化していたのだ。

(すごい……便利すぎる……)

そしてついに、食事を一緒に食べるとまで言い出した。

いつもは部屋まで運んでいたのだが、ある時厨房で食べているメイベルのところに、ユージーンが食器を持って下りて来たのだ。

おまけに食事が終わると、一緒に片付けまでしてくれるようになった。

メイベルとしてはありがたい限りだが、今までの彼の行動を考えると逆に疑問を感じてしまう。

(な、なんで急に、色々優しくなったのかしら……)

そんなことが続いたある日。

いよいよ限界に達したメイベルは、自室のベッドでごろんごろんと転げまわっていた。

「だからいったい何⁉　どうしてあんなに優しいの⁉」

時刻は夜。

今日もユージーンと夕食を食べ、片付けをして廊下で別れた後である。

「掃除も洗濯も手伝ってくれるし、食事だって一緒だし、片付けまでしてくれるし……」

おまけに今日なんて食事の席で「何か欲しいものはないか？」と聞いてきた。特にないと答えたところ「ドレスや装飾品はいらないのか？」とさらに返された。

（『女は、そういうのが欲しいんじゃないのか？』って……どうしちゃったのかしら？）

これまでの冷たい態度が文字通り一変。

あの新月の夜以降、ユージーンが完全に別人になってしまったかのようだ。

（ま、まさか……あの獣姿になったことで、本当に今までとは違う『誰か』に入れ替わってしまったんじゃ……⁉）

適当に考えた案だったが、ふと不安になりメイベルはしばらく沈黙する。

どうしよう。本当に別人だったら。

「……悩んでも何も解決しないわ。こうなったらきちんと確かめに行きましょう！」

メイベルは勢いよく体を起こすと、寝巻用のドレス姿でそっと廊下に出た。突き当りにあるユージーンの部屋に向かうと、控えめにノックをする。

「――ああ」

ユージーンから返事が来た。

メイベルはそれにすら感動を覚えながら、慎重に彼の部屋へと足を踏み入れる。

かつて腐海と化していた本たちはどれも綺麗に整頓され、雑多に放置されていた資材も今は種類ごとにきちんと分けられている。

明かりが漏れている奥の部屋に、メイベルはひょこっと顔をのぞかせた。

「どうしたウィミィ？　こんな時間に」

「え、ええと……」

これまで何度声をかけても、本から一切顔を上げなかったユージーンが、今はしっかりとメイベルの方を見ている。

その対応にドキドキしながらも、メイベルはここにきた目的を口にした。

「ちょっと、確かめたいことがありまして」

「確かめたい？」

（う……いったいなんて聞いたらいいのかしら……）

仮面越しの視線に緊張してしまい、メイベルはたどたどしく言葉を探す。

「あの、最近、すごく優しくしてくださるようになったといいますか……」

「そうか？」

「そ、それ自体はとっても嬉《うれ》しいのですが！　ただその、あんまり以前と違うので……てっきり、あの新月の日に、何かあったのかなーなんて思ったりしてですね……」

「……………」

（うう……どうしよう）

口にすればするだけ失礼な気もして、メイベルは若干後悔し始める。

するとと何かを察したユージーンが先手を打って答えた。

「僕が姿だけではなく、中身まで変わってしまったのではないか？　と言いたいのか」

「い、いえ！　そこまで思ってはいないのですが、でももしそうなら……」

「あの姿は一時的なものだ。僕自身の人格が変化したということはない」

「そ、そうですよね！」

良かった、やはり思い過ごしだったとメイベルはほっと胸を撫《な》で下《お》ろす。

だがそんなメイベルを見つめながら、ユージーンはわずかに仮面の奥の目を細めた。

「人格は……な」

「……？」

するとユージーンは突然、自身の仮面に手を伸ばした。

慣れた様子で顔から外すと、机の上に置き、改めてメイベルの方を見る。

「あ、あの、ユージーン様？」

「………………」

現れたのは、以前看病の時に見たのとまったく同じ美しい顔だった。

ただし今は、その目がはっきりと開かれている。

琥珀《こはく》を研磨したような綺麗な金色。仮面越しではよく分からなかったが、正面から見ると本当に吸い込まれそうなほど綺麗な瞳だ。

（顔も前と同じ……。やっぱり、今までのユージーンと一緒みたい）

じゃあどうして急に優しくなったのだろう、とメイベルが首をかしげていると、ユージーンがはあとどこか疲れたため息を吐き出す。

「あ、あの……？」

「いや、相変わらず効果がない、と思ったんだ」

「効果？」

疑問符を浮かべるメイベルをよそに、ユージーンは椅子からゆっくりと立ち上がった。

メイベルの前に立つと、手袋を外して顎に手を伸ばしてくる。

（な、なに、なんなの⁉）

たまらず俯《うつむ》くと、ユージーンが屈《かが》んで下から覗《のぞ》き込《こ》んできた。

絶妙な配置の目鼻に、薄く閉じられた唇。

透明度の高い蜜色の瞳に見つめられ、メイベルの心臓がどくんと音を立てる。

メイベルは呼吸も忘れてユージーンの動向を見守っていたが、彼はその端整な顔を切なそうに曇らせると、そっとその手を離した。

「……普通、この顔を見たら、すぐに僕を好きになるのにな」

「……？」

思わず後ずさるメイベルに対し、ユージーンはぼそりと呟《つぶや》いた。

「肝心な時に役立たないな。魔術も、この顔も」

「ユ、ユージーン様？」

言われている意味が分からず、メイベルはぽかんと目をしばたたかせる。

やがて観念したのか、ユージーンはついに自身の思いを口にした。

「ウィミィ。僕は多分——お前のことを好きになっている」

「……え？」

「お前の傍にいたい。お前に喜んでほしい。お前が笑う姿が見たい……多分こんな気持ちを、好きというんだろう？」

（す、好き……？）

からかわれているのだろうか、とメイベルは一瞬身構える。

だがユージーンの眼差《まなざ》しは真剣そのものだ。

「でも僕はこういうことに経験がないし、何とかやれるだけはしてみたけど、どれもお前には効果がないようだった」

「もしかして、最近色々手伝ってくれたのはそういう理由で……」

「……悪かったな。こんなの初めてだから、何をしたらいいか分からなかったんだよ」

（ほ、本当に……あのユージーンが？）

自分の頬がみるみる熱くなっていくのが分かる。

そんな彼女に向けて、ユージーンからとどめの一言が刺さった。

「お手上げだウィミィ。どうしたら――僕を好きになってもらえる？」

「ど、うしたら、って……」

そんなこと、メイベルの方が教えてほしい。

なにせ男性から初めて告白されたのだ。思考がごちゃ混ぜになるメイベルだったが、自分がここにいる理由を突如として思い出した。

（……もしかして、私が今お願いしたら、イクス王国を守ってもらえる……？）

だがメイベルはすぐにぶんぶんと首を振る。

そんなまるで、利用するみたいな。

でも。

（そもそも私は、彼の弱みを握って、脅してでもと思って、ここに来たのに……）

念願通り、ユージーンの弱みを握った。

それなのに、どうしてこんなに心が痛むのか。

（大体、自分の正体も偽ったままなのに……）

次第に顔色を悪くするメイベルに気づいたのか、ユージーンが声をかける。

「……ウィミィ？」

「あ、あの、でも私は……メイベル様の、お付きのメイドで……」

「……ああ、そうだったな」

罪悪感で汗だくになっているメイベルの前で、ユージーンは静かに告げた。

「申し訳ないが、お前の主《あるじ》との婚約は正式に断らせてもらう。最初は、勝手にしてろと思っていたけど……お前がいる今、そんな不誠実なことはしたくない」

「お断り、を……」

その言葉に、メイベルの心臓がひと際大きく拍動する。

だがユージーンはそれに気づかぬまま、淡々と言葉を続けた。

「そもそも自分の結婚相手を見極めるなら、自分自身でここに来るべきだ。メイドのお前を代わりに送り出して、それで平気な主の元にお前を返す気はない」

（そう、よね……ユージーンにとって『メイベル』は……）

ユージーンは完全に、自分をウィミィだと信じ込んでいる。

その一方、彼の中での『メイベル』の印象は最悪だ。

もしもこの場で、自分がその『メイベル』だと白状してしまったら――

（きっと、騙《だま》されたって思うわよね……）

彼が向けてくれる好意を、偽物の自分ではどうやっても受け取ることが出来ない。

それを知ったメイベルは、胸の奥がずきりと痛むのが分かった。

「だから――」

「あ、あの！　ごめんなさい、私……少し、考えたくて……」

「…………」

必死にそれだけを口にするメイベルを見て、ユージーンは悲しそうにうつむいた。

「悪い、困らせて……」

「……………」

「でもこの気持ちに、嘘《うそ》はないから」

「……はい」

彼の言葉はどこまでも真摯で——メイベルは最後まで、彼の目を見ることが出来なかった。


一夜明け、メイベルは呆然《ぼうぜん》としたまま廊下の窓ガラスを磨いていた。

（……やっぱり、正直に言わなきゃ）

窓の汚れが落ちるのに合わせて、メイベルの意思が少しずつ固まっていく。

はあ、と息を吐きかけると窓が一瞬で白く曇った。

（でもそうしたら……絶対に嫌われる、よね……）

メイベルは動かしていた手を止め、床に視線を落とす。

そんな時、玄関からのセロの声が聞こえてきた。

メイベルは雑巾をバケツに入れ、小走りで一階に続く階段を降りる。

「セロ、いらっしゃい」

「ああ。ウィミィ、今日の荷物持ってきたぞ」

玄関扉には、いつものように笑顔を浮かべるセロの姿。

いつもは堂々とホールにまで入るのに、今日は何故かそこから顔だけをのぞかせている。

「ありがとう。もしかして、何か大きな荷物かしら――」

メイベルは運ぶのを手伝おうと、急いで扉に駆け寄った。

するとセロが突然、メイベルの手首を摑《つか》む。

何⁉　と考える間もなく強く手を引かれ、そのまま外へと連れ出された。

「セロ⁉」

「――メイベル様」

問いただそうとしたメイベルの背後から、聞き覚えのある声が飛んでくる。

振り返ると、扉の前にイクス王国の王佐・トラヴィスが立っていた。

「トラヴィス⁉　どうしてここに」

「ウィミィが口を割りました。帰りますよ」

トラヴィスは動揺するメイベルの腕を摑むと、無理やり歩かせようとする。

それを見ていたセロが「話が違う」とようやく口を挟んだ。

「お、おい！　あんたウィミィの兄貴なんじゃないのかよ⁉」

「あれは嘘だ。お前がいないと森を越えられないからな」

「なっ、……騙したのか！」

どうやらセロはトラヴィスの正体を知らずに、ここまで連れてきてしまったようだ。

セロは慌ててメイベルを助け出そうとしたが、トラヴィスは襟元から何かを取り出したかと思うと、それをすばやくセロの胸へと押し当てる。

「――っ⁉」

「セロ⁉」

ばん、と大きな破裂音が響き、セロはその場でどさりと倒れ込んだ。

トラヴィスの手には、金属製の筒と木の握りが組み合わされた珍しい魔道具が握られていた。おそらく衝撃波か何かを撃ち出し、当たった相手を気絶させるものだろう。

「セロ！　しっかりして、セロ‼　トラヴィス、あなたなんてことを……」

「少し眠ってもらっただけですよ。さあメイベル様、こちらへ」

（だめよ、まだ帰るわけにはいかない……！）

メイベルはぐっと唇を噛《か》みしめると、なおもトラヴィスに力の限り抵抗した。

それを見ていたトラヴィスはいよいよ面倒くさそうに、はあーっと息を吐き出す。

「仕方がありませんね。あまり、手荒なことはしたくないんですが」

「な――あッ……‼」

先ほどセロを撃った筒の先端が、メイベルの首筋にひやりと押し当てられた。

次の瞬間、小さな雷が落ちたような衝撃が走り、メイベルは息をすることすら出来なくなる。

弛緩《しかん》してくずおれた体を、トラヴィスが両手で抱き止めた。

「さあメイベル様、王宮に戻りましょう」

（だめ……だって、まだ……）

彼に――ユージーンに伝えていない。

本当のことも。自分の気持ちも。

（ユージーン……）

好きだと言ってくれた彼の顔が、ふっとメイベルの脳裏をよぎる。

だが幸せな記憶は、そこでふつりと途切れたのだった。

◆

目が覚めるとそこは、王宮にあるメイベルの部屋だった。

首元に残るわずかな痛みを撫でながら、少しずつ記憶を手繰り寄せる。

「そうだわ、私、トラヴィスに連れ戻されて……」

館に戻らないと、とベッドから飛び起きる。

だがそれを見計らったかのように、トラヴィスとメイドたちが部屋に入って来た。

「お目覚めですか、メイベル様」

「トラヴィス……。勝手に王宮を抜け出したことは謝るわ。でも私、帰らないと」

「それは出来ません」

「どうして！」

「あたりまえでしょう。仮にも一国の姫ともあろう人が、供もつけずに魔術師のところに入り浸っているなんて」

「だって私の婚約者なんでしょう？」

「そんな単純な話ではありません。婚約については私たちがきちんと準備しますので、あなたはここで待っているだけでいいのですよ」

「で、でも……」

メイベルの反論を無視し、トラヴィスはメイドたちに指示を出した。メイドたちはメイベルを取り囲むと「失礼いたします」と乱れた髪や衣装を整えようとする。

「トラヴィスお願い！　一度でいいの、ちゃんと彼と話を――」

「申し訳ありませんが残り一ヵ月、メイベル様がこの城から出ないよう、見張りをつけさせていただきます」

「どうして！」

「また抜け出されたら困るからに決まっているでしょう。仮面魔術師殿と話したいのであれば、今度こそ正式な『イクス王国の末姫』として訪問すればいいだけです」

やれやれと息を吐くと、トラヴィスはそのまま部屋を出て行った。

「……それじゃ、だめなのよ……」

残されたメイベルの小さな声は、メイドたちの話し声に呑み込まれてしまった。

◆

城に連れ戻されたメイベルは、その後何度も脱出を試みた。

だが王宮すべての使用人と兵士に命令が出ているらしく、外に出ようとすればすぐに止められ、買い物に行きたいと言えばメイドが何でも調達してくる。ついには社交の場に出ることも禁止され、メイベルは完全に軟禁状態に陥っていた。

（どうしよう、早く戻りたいのに……）

突然のことで、ユージーンに何も言えないまま館を去ってしまった。

あんな告白を受けて、考えたいといった直後にだ。

（告白が嫌で逃げたとか思われてないかしら⁉　あああ、早く何とかしないと――）

自室の中をうろうろと歩き回っていたメイベルだったが、机上に置かれていた筆記具を目にした途端、ぱっと何かを思いつく。

（そうだわ、手紙を書いてみたらいいかもしれない！）

メイベルはすぐさま机に向かうと便箋を広げ、つらつらとユージーンにあてた手紙を書き始めた。

やがてトントンという控えめなノックの音がし、ウィミィが顔を覗かせる。

「し、失礼いたします、メイベル様……」

「ウィミィ　良かった、無事だったのね！」

気づいたメイベルは椅子から立ち上がると、慌ててウィミィの元に駆け寄った。

メイベルを庇《かば》ったせいで、トラヴィスから短期の暇を出されていたと聞いたのだ。

「メイベル様、あの、本当にすみませんでした！」

「いいのよ。私の方こそ迷惑をかけて……本当にごめんなさい」

ここまで大ごとになるとは思っておらず、メイベルは軽率なことをしてしまったと改めてウィミィに謝罪する。ウィミィはぶんぶんと首を振り、安堵《あんど》の笑みを浮かべた。

「メイベル様こそ、ご無事で良かったです……。あまりにお戻りが遅いので、わたしてっきり、メイベル様が魔術師に捕まったんじゃないかとか、何かひどい目に遭わされているのではないかと不安になって……。メイド長に相談していたところを、偶然トラヴィス様に……」

「そうだったのね……」

ウィミィが落ち着いてきたのを見計らって、メイベルはおずおずと口を開いた。

「早速で悪いのだけど、ひとつお願いをしてもいいかしら」

「はい！　わたしに出来ることでしたら何なりと！」

満面の笑みを浮かべたウィミィに、メイベルは一通の封筒を差し出す。

「手紙を出してきてほしいの」

「どなたにでしょう？」

「仮面魔術師のユージーン様に。ルクセン商会にセロという人がいるから、彼に預けてもらえば良いわ」

その言葉に、ウィミィはさっと青ざめた。

「な、なんで、ですか⁉　魔術師に手紙なんて……」

「……どうしても彼に、伝えないといけないことがあるの」

「………………」

メイベルの必死な様子に、ウィミィはそれ以上何も言わず、ただこくりと頷《うなず》いた。


メイベルが王宮に連れ戻されてから、二週間が経過した。

相変わらず包囲の目は厳しく、さすがのメイベルも脱出を諦めかけている。そんな中、今日は三女のキャスリーンに誘われ、庭園の四阿《あずまや》でお茶に付き合っていた。

秋の終わりが近づいているのか、空気もどことなく冷たい。

「それでね、ゲオルグ様ったら――」

キャスリーンが嬉しそうに愛《いと》しの騎士団長様について語るのに対し、メイベルは心の片隅でぼんやりと違うことを考えていた。

（手紙の返事、来ないわ……）

ウィミィに手紙を頼んでから随分と経《た》った。

だがユージーンからの返事は未だにない。

（やっぱり怒っているのね……）

手紙には、急にいなくなったことへの謝罪、ウィミィというのは偽名で、自分がメイベル本人だったこと、騙すような真似《まね》をして申し訳なかった――ということを綴《つづ》っていた。

それに対する応答がないということはつまり――そういうことだろう。

メイベルは無意識に、はあ、とため息をつく。

それに気づいたキャスリーンは、話すのをやめてメイベルの方を見つめた。

「メイベル、大丈夫？」

「え⁉　あ、はい！　ごめんなさい、ちょっと考え事をしていて……」

えへへ、と誤魔化すようにメイベルは笑う。

だがキャスリーンはその後もメイベルを凝視した。

エメラルドのような緑色の瞳に、咲き初めの薔薇《ばら》のような唇。傾国の美姫《びき》と名高い三番目の姉からの熱視線に、実の妹であるメイベルですら心がざわついた。

やがてキャスリーンは、にっこりと口元に笑みを浮かべる。

「メイベル、もしかしてあなた――恋をしているの？」

「え？」

突然のことにメイベルは目を丸くする。

「違っていたらごめんなさいね。でも、まるで誰かのことを思っているみたいで」

「私が……ですか？」

確かにずっとユージーンのことを考えてはいるが、それは恋とかそういうものではなく、失礼なことをしてしまった彼に、嫌われていないかが気になっているだけであって――

（……ん？　それって……恋なの？）

突如名付けられた感情が処理できず、メイベルの脳内回路がぎゅんぎゅんと暴走する。

一方キャスリーンは、そんな妹の様子が面白かったのか、満足そうに微笑《ほほえ》んだ。

「嬉しいわ。メイベルはそういうこと、あまり興味がないと思っていたから」

「そ、そういうこと、ですか？」

「そう。誰かのことを愛おしいと思ったり、好きになってほしいと願ったり……。メイベルは誰にでも優しいけれど、いつも自分のことは二の次にする癖があるもの」

（愛おしい……好き……）

指摘されて、メイベルは改めて自分の心に問い直した。

ユージーンのことが気になるのは、自分が嘘をついていたという負い目からだと思っていた。

でも本当に、それだけが理由だったのだろうか。

（……私、どうしてすぐに言えなかったのかしら）

正体を明かして逃げる機会はいくらでもあった。

でもメイベルはそれをしなかった。

それは――あの館での生活が楽しかったから。少しずつ打ち解けてくれるユージーンのことをもっと知りたくなった。素直ではない優しさも。恐ろしい獣の姿も。全部。

しかし彼に近づけば近づくだけ、嘘をついている自分から逃げられなくなった。

本当のことを打ち明けて、ユージーンから嫌われるのが――怖かった。

「……好きになってほしい、とかじゃないんですけど……。その人から……『嫌われたくない』っていうのも、恋になるんでしょうか？」

メイベルのたどたどしい問いかけに、キャスリーンは少しだけ目を丸くした。

だがすぐに目を細めると、うつむくメイベルの頭に手を伸ばす。

「そうね。きっとそれも恋の一つの形。……素敵なことだと思うわ」

「お姉様……」

優しく髪をなでられ、メイベルはようやく永い眠りから覚めたかのように目を開いた。

普段は髪がどうだとか、新しい化粧品が欲しいだとか、自由気ままに生きている印象のキャスリーンだが、こうしたことに関しては非常に心強い。

「……お姉様は、恋に詳しいのね」

「もちろん。私はいつでも恋をしているもの」

ふふっと笑う姿は、同性のメイベルから見ても可憐《かれん》なものだった。

キャスリーンは艶々とした唇に笑みを浮かべ、楚々《そそ》と紅茶のカップを手に取る。

「私はね、いつかお母様みたいな恋愛をするのが夢なの」

「お母様？」

その言葉に、メイベルはきょとんと眼をしばたたかせた。

メイベルたちの母親――メルヴェイユーズ・ラトラ・イクスは、末子であるメイベルを産んでからすぐ、病によって亡くなったと聞いている。

幼かったメイベルに母と交わした会話の記憶はないが、キャスリーンたちは小さい時に母親から色々な話をしてもらったそうだ。

「実はね、お母様は昔あの『仮面魔術師』と恋をしていたんですって」

「仮面魔術師と、ですか⁉」

「そう。お父様と結婚する前のことらしいけれど」

聞けば母は身分の高い貴族の出身で、現国王である父《リヒト》との結婚はなかば既定路線のようなものだったらしい。本人もそれに疑問を持つことはなかったが、ある日一人の仮面魔術師と出会い、瞬《また》く間に恋に落ちたのだという。

「でもお母様は未来の王妃。かたや魔術師という身分。そんなある日、仮面魔術師が突然姿を消したんですって」

『君の未来に、幸せが訪れますように』――仮面魔術師はそう書いた手紙だけを残し、母親の元を去った。母はしばらく嘆き悲しんでいたが、そんな彼女を当時王太子だった父が支えたのだという。

婚約者が他の男と恋仲であったことを諫《いさ》めもせず、ただ献身的に母へと愛を捧《ささ》げ続けた。そんな誠実な父の姿に惹《ひ》かれ、二人は予定通り結婚したそうだ。

「もちろんお父様のような一途《いちず》な恋も素敵だわ。でも自ら身を引いた魔術師も、きっと同じくらいお母様のことを思っていたと思うの。どちらが正しかった、なんて――周囲の人間が決めることは絶対に出来ない」

キャスリーンはそう言うと、再度嬉しそうに笑った。

「だから私はどんな相手であろうと、メイベルの恋を応援するわ」

「お姉様……」

トラヴィスが配慮したのか、メイベルが仮面魔術師の元に滞在していたことは公にされていない。だからキャスリーンも当然事情を知らないはずなのだが――メイベルはその言葉に背中を優しく押されたような気がした。

（私は、ユージーンのことを……）

意識すると無性に喉が渇いてしまい、メイベルは慌ただしくカップを手に取る。

だがいつの間にか飲み干してしまっており、おかわりを頼みに行こうと立ち上がった。するとそれに気づいたキャスリーンが優しく制する。

「いいわ。たまには私が行くから」

「で、でも」

「その代わり、戻ったらお相手のことをじっくり聞かせてもらうわね？」

「えっ⁉」

いたずらっぽい笑みを浮かべて城に戻るキャスリーンを見つめながら、メイベルは赤面する。

（ど、どうしよう⁉　お姉様が戻ってきたら、ユージーンのことを話さないと――）

何から話せばいいのかと頭を抱える。

そこでふと、母親の話を思い出した。

（まさかお母様が、仮面魔術師と恋愛関係にあったなんて……）

メイベルが知る魔術師はユージーンと、この前来たロウという男性だけだ。

あと何人かいると噂《うわさ》で聞いたことはあるが、いったい誰が母と恋に落ちたのだろう。

（……まさか、ユージーンが相手ってことはないわよね……？）

メイベルの眉間に思わず皺《しわ》が寄る。

すると突然、木々が揺れるがさりとした音が聞こえた。

もうキャスリーンが戻ってきたのだろうか。

「あ、あの、お姉様、ちょっとまだ心の準備、が……？」

だがそこにいたのはキャスリーンではなく、黒い覆面を被《かぶ》った人物だった。

体格からみて男性。奥にもう二人いる。

「あなたたち、何者――」

メイベルが叫ぼうとするより早く、男たちはすばやくこちらに駆け寄った。

後ろにいた男が大きな麻袋を取り出すと、メイベルの頭上に広げる。

「嫌、やめて、なに――」

即座に視界が閉ざされ、メイベルは震恐する。

さらに麻袋の上から胴体部分を縄で縛られ、そのままメイベルの体は横向きに担ぎ上げられた。

「んー!!（助けてー!!）」

男たちは素早くメイベルをどこかへ運んでいく。

それはあまりに一瞬の出来事であった。

# 第七章　お前のために

メイベルが目を覚ますと、そこは見知らぬベッドの上だった。

「……っ、たた……」

麻袋で乱暴に運ばれたせいか、途中から意識を失っていたようだ。

改めて周囲を見渡すと、そこはお城にある貴賓室のような部屋だった。ただし窓には板が釘《くぎ》で打ち付けられており、一つしかない扉には鍵がかかっている。

（ここはいったい……）

彫金細工の燭台《しょくだい》や、花柄模様の壁紙を見る限り、かなり身分の高い貴族の館に見える。

なんとか逃げ出す方法はないかとメイベルが探し回っていると、部屋の外からどたどたと騒がしい足音が近づいてきた。続けて扉の鍵がガチャガチャとせわしく音を立てる。

やがて大きな開錠音と共に扉が開き、両腕を広げた一人の男性が満面の笑みで飛び込んできた。

「キャシー！　来てくれたんだね！」

（……!?）

濃い金髪に彫りの深い幅広の緑目。

厚い唇の間から白い歯を覗《のぞ》かせる彼は、美丈夫といって差し支えない男前だった。

だがメイベルはその姿を見て、思わず眉根を寄せる。

「……シュトラウス様？」

メイベルの発した言葉に、男はきょとんと瞬《まばた》きした。

「うん？　君は誰かな？」

「イクス王国のメイベル・ラトラ・イクスです」

シュトラウスと呼ばれた男性はさらにぱちぱちと瞼を動かすと、ふうむと顎に手を添えた。

「ラトラ・イクス……ということは、キャシーの妹さんかな！」

「ええ、はい、まあ」

間違いない。この男はシュトラウス・ウィスキ。

隣国ウィスキの第一王子で、キャスリーンにえらく惚《ほ》れこんでいた人物だ。

メイベルも何度か外交の場で会ったことがあるが、どうやら全く覚えられていなかったらしい。

「ということは、将来は僕の妹になるわけだ。仲よくしよう！」

「………………」

頭の中どうなってるのかしら？　とメイベルが呆《あき》れている間に、シュトラウスが背後を振り返り、大きな声で叫んだ。

「おいトラヴィス！　それで、キャシーはどこにいるんだ？」

「トラヴィス……？」

その名前にメイベルはぞくりと背に寒気を走らせた。

だが呼ばれた当人は平然とした様子で、シュトラウスの元へと顔を覗かせる。

「シュトラウス様、いかがされましたか」

「お前、キャシーを連れてくるって言ってたのに、いないじゃないか！」

トラヴィスと呼ばれた男が、室内にいるメイベルをじっと見た。

同じくメイベルも睨《にら》み返す。

間違いない。イクス王国の王佐、トラヴィス本人だ。

彼は睨みつけてくるメイベルを無視し、事も無げに言い放つ。

「ふむ、どうやら人を間違えたようですね」

「まったく、しっかりしてくれよ！」

「大変申し訳ございません。すぐに次の手を考えますので」

トラヴィスが丁寧に頭を下げる姿に満足したのか、シュトラウスは部屋を出て行った。

残されたトラヴィスに、メイベルははっきりとした声で問いかける。

「これはどういうこと？」

「いえ、シュトラウス王子がキャスリーン姫に大層ご執心で。警備の薄い時間を狙ったはずだったのですが、まさかメイベル様が同じ場所におられるとは」

「そんなことはどうでもいい。……イクス王国を裏切っていたのね」

その問いに、トラヴィスはしばらくメイベルを見つめ、ふと眼《め》を眇《すが》めた。

「裏切るなんて人聞きの悪い。私はただ、より強い者の下に付いただけですよ」

「それにしたって、イクスへの侵攻を企《たくら》んでいるウィスキに手を貸すなんて……。大体、仮面魔術師との結婚だって――」

するとトラヴィスは「ああ」とまるで他人事《ひとごと》のように微笑《ほほえ》んだ。

「あれは実に馬鹿げた提案だと思ったんですがね」

「……どういうこと？」

「あの時メイベル様には『とある公爵家から』と言いましたが……実は私が、それとなく雑談の中に投じたお話だったのです。そうしたら皆さん、うっかり自分が考えた名案だと勘違いしてしまったらしくて」

「あなたが話を誘導した……ってこと？」

「軽い冗談のつもりだったので、まさか本当に実行するとは思いませんでした。これだから自分で考えることの出来ない人間は困りますねえ」

「冗談……」

「普通に考えて、あのプライドの高い魔術師たちが、命令された結婚などに従うわけがない。まあ、それを本気にして、わざわざ出向いたメイベル様には申し訳ないと思いますけどね」

（なんてこと……）

恥ずかしさに、メイベルは顔が熱くなるのが分かった。

自分はもはや、策略ですらないものに踊らされていた。

国を守るためにどうにか契約出来ないかとか、せめて相手がどんな人か知りたいだとか――そんなささやかな願いすら、トラヴィスをはじめとした大人たちにとっては、心底どうでもいいことだったのだ。

「実際、ユージーン様を口説くことは出来なかったでしょう?」

「……っ」

トラヴィスの言葉に、メイベルは何も言うことが出来なかった。

トラヴィスはふふっと短く笑うと、背後に控えていた兵士に向かって命じる。

「彼女を西の塔へ」

「え、ですがあそこは」

「キャスリーン様ではない以上、相応の扱いをさせていただきますよ」

最後の言葉はメイベルに向けられたもの。

それを聞きながら、メイベルは再度トラヴィスを睨みつけていた。

◆

西の塔と呼ばれた場所は、先ほどの部屋とは随分と異なる部屋だった。

三方を石壁に囲まれ、壁がないところは鉄の棒が柵のように林立している。小さな窓はあるが、位置が高いため光はほぼ差し込まない。家具はみすぼらしいベッドだけだ。

（ただの牢獄《ろうごく》ね……）

通路を挟んだ向かい側、そして隣にも同じような牢屋《ろうや》がある。

メイベルは鉄格子に近づき、両手で摑《つか》んで力いっぱい揺らしてみた。だが当然びくともせず、仕方なく隙間から通路の様子を探る。

（出入り口に門番が二人、奥にも一人いるみたい……）

早くここから脱出して、キャスリーンが狙われていることや、トラヴィスがイクス王国を裏切っていることを伝えなければ。

「もう、なんとかならないのかしら！」

自棄《やけ》になったメイベルは、鉄の棒を手のひらでべちんと叩《たた》く。

すると突然、隣の壁越しに人の声が聞こえた。

「――誰？」

「……！」

最初は聞き間違いかと思ったが、声と共にちゃりちゃりと金属がこすれるような音が続く。

驚いたメイベルが様子を窺《うかが》っていると、若い男性の声が響いてきた。

「誰か、いるの」

「……メイベルといいます。あの、あなたは？」

恐る恐る問いかける。

すると壁の向こうの男性は小さな音量で答えた。

「……ムタビリス」

「ムタビリス？」

訂正がないから間違いではないようだ。

まさかこんなところに、自分以外にも人がいるとは――とメイベルは壁越しに質問を続ける。

「ムタビリス、あなたはどうしてここに入れられたの？」

「…………」

（答えたくないのかも……。それに牢屋ってことは、悪い人かもしれないし……）

メイベルはそれ以上の追及をやめ、一人部屋の奥にあるベッドに座り込んだ。

（私が攫われたことは、キャスリーンお姉様経由で伝わっているはず。でもウィスキにいることはきっと分からないわ。早く何とかしてここから逃げ出さないと……）

トラヴィスのこともある。

メイベルは改めて決意すると、ぐっと拳を握りしめた。


しかしその後もメイベルの監禁生活は続いた。

ウィスキはイクスよりも北にあるため、今まで感じたことがないほど寒さが厳しい。

食事は一日に二回運ばれてきており、トラヴィスもまだ、メイベルを生かしておく必要があると考えているようだ。

（今日で四日目……）

食事を終えたメイベルは壁に傷をつける。牢《ろう》の中はほとんど陽《ひ》が差さないため、こうしないと囚われてから何日経ったか分からなくなりそうなのだ。

食器を通路側へ置いていると、隣の牢で人の動く気配があった。

（ムタビリス？）

そういえば彼とは最初に話して以来、ほとんど会話していなかった。

極悪人だったらどうしようという不安もよぎったが、しばらく人と接していない孤独感に負け、メイベルは小声で話しかける。

「ムタビリス、元気？」

「………………」

「お互い、大変な状態ね」

「………………」

返事はない。

以前会話を断ち切ったから怒っているのか、それとも質問が嫌だったのか。

メイベルははあとため息をついたものの、懐かしさを覚えて微笑んだ。

（なんだか、部屋に籠《こも》っていた頃のユージーンみたい）

こんな悲惨な状況になってまで、どうして彼のことを思い出してしまうのか――とメイベルは苦笑しながら再度話しかける。

「私はイクス王国から連れて来られたの。あなたは？」

「………」

「ウィスキの人かしら」

「………」

何か彼が答えやすい質問はないだろうかと、メイベルはちらりと空の食器を見る。

「今日のご飯、男の人には少なくないのかしら。ムタビリスは好きな食べ物ある？」

「………」

だめか、とメイベルが眉を寄せた時、ようやく壁の向こうから小さな返事があった。

「甘いの……」

メイベルは二、三度瞬《まばた》くと、嬉《うれ》しそうに口角を上げる。

「何が好き？　クッキー？　ケーキ？」

「……クッキー」

「分かったわ。ここを出られたら作ってあげるわね」

途端にムタビリスの声が少しだけ高くなった。

「ほんとに？」

「うん。だからお互い、頑張りましょうね」

「……うん」

（そう。まだ、頑張れる……）

メイベルは自身に言い聞かせると、ぎゅっと強く拳を握った。

だが脱獄することも、解放されることもかなわぬまま、ついに二週間が経過した。

体力を温存するよう動いていたためか、思ったほど体に不調はない。しかし閉鎖された空間や陽の差さない劣悪な環境に、精神の方が先に悲鳴を上げそうだった。

「ムタビリス、大丈夫？」

「……うん、大丈夫」

そんな苦境の中、隣の牢にいるムタビリスとの会話はメイベルの癒《いや》しとなっていた。

最初はいっこうに返事をしてくれなかった彼だったが、最近では少しずつメイベルの質問に答えてくれる。

「ムタビリス、あなたはいつからここにいるの？」

「少し前、から」

「少し前？」

その言葉にメイベルは、はてと考える。

公に出来ない人質として、メイベルが監禁されているのは分かる。

だがムタビリスはどういった理由で囚われているのだろうか。

(最初は悪い人かもと疑っていたけど……話している限り、とてもそうは思えないのよね)

数日話をしただけではあるが、ムタビリスの答えは実に素直で、声の低さを除けば子どものような純粋さすらあった。

「ムタビリス、その、答えたくなかったらいいのだけれど……。あなたはどうしてここに捕まっているのかしら？」

しばしの沈黙が落ちる。

辛抱強くメイベルが待っていると、やがてたどたどしく言葉が返ってきた。

「大切なものが、あって」

「大切なもの？」

「うん。それを取り戻したくて……。力を貸したら、返してくれるって言われたから」

（……？）

メイベルはその言葉にふうむと首をかしげる。

取り戻したい、ということは元々ムタビリスのものだったのが、奪われたということだろうか。であればこの牢に入れられている状況から考えて、奪った相手はウィスキの王族——という可能性が高い。

（いったい、何を取り戻したいの？）

何か手伝えることがあるかもしれない、とメイベルが励ますように声をかける。

「ムタビリス、それは何かしら。もしも聞いていいのなら、私も協力を——」

「おや、囚《とら》われ同士、脱獄の相談ですか？」

「……！」

突然割って入った声に、メイベルは身を固くした。

聞き覚えのあるそれは逆臣・トラヴィスのものだ。

「……何をしに来たの」

「つれないお言葉ですね。いい知らせを持ってきてあげたというのに」

鉄格子の向こうから見下ろしてくるトラヴィスを、メイベルは負けずに睨み返す。

彼は楽しそうに口元を歪《ゆが》めたあと、淡々と告げた。

「イクス王国が声明を発表したそうです」

「声明？」

「三姫キャスリーン・ラトラ・イクスと、魔術師ユージーン・ラヴァが婚約する、と」

にやりと笑ったトラヴィスに対し、メイベルは言い返す言葉を失っていた。

（お姉様とユージーンが、婚約……？）

「まさか国一番の美姫《びき》を差し出すとは……。イクス王国もついになりふり構わなくなってきたようですね」

ふふ、とトラヴィスが嗤笑《ししょう》する。

すると彼を探しに来たらしいシュトラウスが、鼻息荒く叫んだ。

「トラヴィス！　こんなところにいたのか！」

「殿下、いかがされました？」

「いかがもなにもないだろう！　お前がのろのろしてるから、キャシーが大変なことになってるじゃないか！」

「ああ、魔術師様と結婚なさるとか」

「魔術師なんかにキャシーを渡せるわけがないだろう！　早く次の手を考えるぞ！」

そのままトラヴィスは、シュトラウスに引きずられるように連れて行かれてしまった。

呆然《ぼうぜん》と見送ったメイベルは、改めてイクス王国が出した声明について考える。

（どうして……？）

確かに姉は、メイベルとは比べるべくもない美人だ。

だが彼の性格を考えても、見た目だけで判断する人のように思えなかったのに。

なにより彼は『ウィミィ』に好意を持っていて、だから、私は――

（……やっぱり、キャスリーンお姉様だから……？）

目の前が一気に暗くなる。

そんな時、隣の牢からムタビリスの声がした。

「メイベル？」

「……なあに、ムタビリス」

「メイベルは、ユージーンを知っているの？」

その問いにメイベルは一瞬迷ったが、素直に口を開いた。

「知ってるわ。……好きだった、人」

「好き、だった？」

「嫌われちゃったの。でも全部、私のせいだから……」

嘘《うそ》をついて近づかなければ、彼はメイベルを好きになってくれたのだろうか。

今となっては意味のない、仮定の話だ。

再度押し黙ったメイベルを心配したのか、ムタビリスが困ったように言葉を探す。

「メイベルは、魔術師でも好きなの？」

「どういうこと？」

「魔術師は……怖がられる。普通の人にはない大きな力があるし、それがたくさんの人を傷つける。そんな……危険な存在なのに」

「…………」

確かにメイベルも、ユージーンと直《じか》に接するまでは、魔術師がどういう存在なのかよく分かっていなかった。

でも——

「……そんなことないわ。ユージーンは確かに引きこもりではあったけど、危険なことはしなかったし、そもそもほとんど魔術を使わなかったもの」

「魔術を、使わない？」

「そうよ。だからいつも髪はぼさぼさだし、ご飯は食べ忘れるし、勉強しすぎて倒れるし……。

……なんて、こんな話、しても仕方ないわよね……」

「…………」

メイベルの消沈を察したのか、ムタビリスはそれ以上話しかけてこなかった。

沈黙が支配するようになった牢の中で、メイベルは一人ベッドに体を横たえる。

涙は、不思議と流れなかった。

◆

そしてイクス王国の婚約声明発表から数日後。

まだ陽も昇っていないというのに、その日は朝早くから賑《にぎ》やかだった。

（いったい、何を始めるつもりなのかしら……）

普段数人の見張りしかいない西の塔に、シュトラウスとトラヴィス、そして側近らしき人物が複数人訪れた。彼らは通路を闊歩《かっぽ》すると、メイベルの牢の前へずらりと並ぶ。

「メイベル・ラトラ・イクス」

「……なんでしょう、シュトラウス・ウィスキ様」

床に座っていたメイベルは、そのまま下からシュトラウスを睨みつけた。

「君の利用方法が決まった」

「……？」

ガキン、と大きな音を立てて、牢の鍵が外される。

メイベルは警戒し、彼の言葉の続きを待った。

「まどろっこしいことはやめだ。今日イクスで行われるという、婚約発表の場にお前を連れて行く。『攫われたメイベル姫を我々が探し出した』という体でな」

「よくもぬけぬけと……」

「そう言えばイクスだって、みすみす僕らを追い返すわけにはいかないだろう？　そうやって式典に入り込んだ後、その場にいるキャシーを攫う。どうだ、完璧な計画だろう？」

兵士の一人がメイベルの腕を摑み、無理やり引き立たせた。

歩くように命令され、おぼつかない足取りで牢から出る。

シュトラウスの隣にいたトラヴィスを一瞥すると、メイベルは冷静に口にした。

「ふざけているの？　私が真実を言えばすぐにばれるわ。それにお姉様を攫ったら、自分たちが犯人だと告白しているようなものじゃない」

「確かに。ただ、キャスリーン様さえ無事であれば、あとはどうでもいいのです。どのみちすぐに、あの国はウィスキのものとなるのですから」

「……どういうこと？」

「キャスリーン様を保護したあと、ウィスキはイクス王国への侵攻を開始します。降伏を余儀なくされたイクス王国は、停戦を求めるでしょう。そこでシュトラウス様が『キャスリーン様との婚約』を条件にあげるのです」

「つまり戦争を止めてほしければ、キャスリーンお姉様をよこせと……？」

あまりの怒りに、メイベルは全身の血が沸騰しそうになった。

自分を仮面魔術師に差し出そうとしただけではなく、姉たちまで利用しようというのか。

「……絶対にあなたたちを、イクスの王城には入れないわ。私が本当のことを――」

「もちろん、対策を考えておりますよ」

すると近くでもう一つ、ガチリと開錠音が響いた。

メイベルが音のした方を振り返ると、隣にある牢の扉が開いている。

「ムタビリス……？」

「………」

メイベルと同様、兵士に伴われて一人の男性が引っ張り出された。

髪は長くごわごわと質量があり、灰色と白が混じったような不思議な色をしている。

背はかなり高く、非常に細い体つき。足首には枷《かせ》と重りが結び付けられており、鉄球がごり、と石の床を削っていた。着ている服はボロボロで、裾は汚くほつれている。

だがそんな姿がどうでもよくなるほど、メイベルはある一点に目を奪われた。

白い仮面。

鳥の顔を模したかのようなくちばしの長い仮面が、ムタビリスの顔にあったのだ。

「ムタビリス……あなた、もしかして……」

「仮面魔術師『シャドウ』――それが彼です」

トラヴィスが静かに微笑みながら告げる。

その名前を、メイベルは以前ユージーンから聞いたことがあった。

（確か、狼《おおかみ》に襲われた時に……）

メイベルは咄嗟《とっさ》に話しかけようとしたが、兵士から強く腕を引かれ、そのまま無理やり前を歩かされる。どうやらムタビリスも後ろから連れて来られているらしく、メイベルたちはそのまま塔の端にある一室へと連れてこられた。

中には古びた机と椅子があり、牢よりも幾分大きな窓がある。

だが分厚いカーテンがかかっており、隙間からわずかに光が漏れ入るだけだ。

「座らせろ」

シュトラウスの命令に従い、兵士たちはメイベルを中央にある椅子へ縛りつけた。

シュトラウスとトラヴィス、そして兵士に伴われたムタビリスがその前に立つ。

「メイベル様、あなたにある魔術をかけさせていただきます」

「魔術？」

「ええ。何か一言でも発した瞬間、その場で命を落とす——そんな魔術です」

「……！」

そういうとトラヴィスは、ムタビリスを捕らえている兵士に合図を送った。

ムタビリスが、乱暴にメイベルの眼前に引きずり出される。

「シャドウ、分かりますね」

「…………」

「彼女にいつもの術をかけなさい」

ムタビリスはしばらくその場で立ち尽くしていた。

メイベルはそんな彼をじっと見つめていたが、白い仮面に覆われていてその表情は読めない。

だが仮面に覆われていない口元は固く引き結ばれていた。

「シャドウ、何をしているのですか」

「……いやだ、したくない」

その言葉にトラヴィスはわずかに眉を上げる。

だがすぐに眼を眇めると、大げさに肩をすくめた。

「珍しい。情がわきましたか」

「………」

「……『メルヴェイユーズの心』が戻らなくても良いのですか?」

「それ、は……」

(メルヴェイユーズの心……?)

ムタビリスが息を呑《の》むのと同時に、メイベルもまた目を大きく見開いた。

(メルヴェイユーズって……お母様のことじゃない……)

どうしてここでその名前が出てくるのか。

しかしそれを問う余裕はなく、トラヴィスは苛立《いらだ》ったようにムタビリスに命じた。

「さあ、早くなさい」

「………」

トラヴィスの言葉に、ムタビリスはようやく片腕を肩の高さにまで上げる。

最初は何事かを小さく呟《つぶや》いていたが、徐々に声が大きくなり、やがて抑揚のない均一な歌が室内いっぱいに響きわたった。

(ユージーンのとは全然違う……。これがムタビリスの魔術……)

やがて軽く合わせた三本の指を、ムタビリスがこちらに向かって差し出した。

ぱちん、と小気味よい音を鳴らすと、メイベルの周囲に奇怪な文様が浮かび上がる。

「――彼《か》の者の、言の葉を封じよ」

その瞬間、浮遊していた文様がメイベルの喉に張り付いた。

同時に心臓が、締め付けられるように激しく痛む。

「……っ!!」

ユージーンと一緒にいた頃も、こうした胸の痛みを何度か味わった。

だが今回はその比ではない。

「……！　……!!」

どくどくと一気に拍動が早まり、メイベルは必死になって呼吸する。

やがてわずかな違和感だけを残して、心臓の痛みは徐々に薄れていった。

(ムタビリス……)

メイベルはそっとムタビリスを覗き見る。

目と鼻は仮面に隠されたままだったが、その口だけは驚いたようにわずかに開いていた。

「よくやったシャドウ――連れて行け」

トラヴィスの指示に、兵士たちがムタビリスを引っ張って部屋から出そうとする。

しかし閉め出される直前、ムタビリスが振り返った。

「メイベル、きみには、メルヴェイユーズの――」

（……？）

だが兵士から退室を余儀なくされ、それ以上彼の言葉を聞くことはかなわなかった。

ムタビリスがいなくなった部屋で、メイベルは改めてトラヴィスを睨みつける。文句でも言ってやろうと口を開いたメイベルを、トラヴィスがすぐに制した。

「おっと、本当に喋《しゃべ》らない方がいいですよ」

「…………」

「大丈夫。すべて終わったら解除してさしあげますよ。イクスがウィスキの支配下に置かれたあとに――ね」

（そんなこと、絶対にさせない……。でもどうしたらいいの……!?）

だが策を講じる暇もなく、メイベルは兵士たちの手で乱暴に外に連れ出された。

無理やり馬車に押し込まれ、目隠しをさせられる。

おまけに勝手に喋らせないためか、さるぐつわまで咥《くわ》えさせられた。

「さあ行くぞ！　愛《いと》しのキャシーを悪《あ》しき魔術師から取り返すんだ！」

すぐに蹄《ひづめ》の音と車輪が動き出す振動が響き、メイベルは懸命に周囲の様子を探った。

しかし視界が閉ざされているため、今どのあたりを走っているのかすら見当がつかない。

そうしてかなりの時間を走り続けたあと――ようやく馬車の速度が弱まった。

「ほら起きろ、ちゃんと門番に顔を見せてやらないとな」

「……？」

目隠しが外され、メイベルは馬車の小窓から外を確認する。

そこはイクス王宮の目と鼻の先で、見覚えのある門番たちの姿があった。

「おっと、何か喋ろうなんて思うなよ。そうしたらその場で門番たちを殺すからな」

（……！　お願い誰か、おかしいと気づいて……！）

前を走っていた馬車からトラヴィスが降り立ち、門番たちに何かを説明している。

おそらく『メイベル様を保護してきた』とでもうそぶいているのだろう。門番たちは慌ててメイベルの乗っている馬車を確認しに駆け寄った。

「ほ、本当だ！　メイベル様だぞ！」

「も、門を開けろ！　すぐに陛下に連絡を取れ！」

（……!!）

メイベルの祈りもむなしく、一行は堂々と城内へと入って行く。

馬車を降り、来賓室に案内されたかと思うと、トラヴィスの部下であり王佐補を担当しているリードーが出迎えた。

「これはシュトラウス殿下！　この度は我がイクス王国のメイベル姫を助けていただいたということで……トラヴィス様からも事情をお聞きしております」

「いえなに、ウィスキで悪事を働いてた窃盗団がおりましてね。先日それを取り締まった時、人質として囚われているメイベル様をお助けしたんです」

「なんと……。リヒト陛下が是非お礼を述べたいと申しております。どうぞこちらへ」

（だめだわ……トラヴィスが間に入っているせいで、警戒が薄くなっている……）

メイベルにとっては歩き慣れた廊下を、今までで一番重い足取りで進む。

やがて王城の中でも最も大きな扉に辿《たど》り着《つ》いた。

国王との謁見や、諸侯らを招いた国の催事が行われる大広間だ。

（どうしよう、ここにお父様たちが——）

門番が扉を開くと、壁沿いにイクス王国の貴族たちがずらりと並び立っていた。

最奥にはイクス王国の王、そしてメイベルの父でもあるリヒトが鎮座している。

その右隣には長女ガートルードと二女《じじょ》クレア、四女のファージーがそれぞれ正装で座っており、反対側には白く繊細なドレスを纏《まと》ったキャスリーン。

そして——

（ユージーン……！）

キャスリーンの隣に、見目麗しい男性が座っていた。

かつてぼさぼさだった髪は綺麗《きれい》に整えられており、その洗練された居住まいは上位貴族の青年となんら遜色がない。顔の上半分は相変わらず黒い仮面に覆われていたが、フロックコートの着こなしといい、一人で自分の館に籠《こも》っていた頃とは見違えるほどだ。

中央に座していたリヒト国王が、親しげに声をかける。

「久しぶりだな、シュトラウス殿下」

「ご機嫌麗しく、リヒト陛下」

シュトラウスはこれ見よがしに恭しく礼をした。

「今日は娘のキャスリーンの婚約の日でな。大げさな出迎えになってしまってすまない」

「いえいえ陛下、素晴らしい祝いの席に同席出来て光栄ですよ」

わざわざ狙って来たくせに、というメイベルの焦燥は届かない。

それどころか、リヒトは嬉しそうな様子で言葉を続けた。

「聞けば我が娘メイベルを、無事見つけ出してくれたそうじゃないか。本当に、心からの感謝を申し上げる。そうだ、貴公には何か礼をしなければなるまいな」

何か希望のものはないか、とリヒトが問いかける。

するとシュトラウスはその整った眉毛を上げ、愉悦にも似た笑みを浮かべた。

「陛下のお心遣い、喜んで頂戴いたします。実はどうしても、いただきたいものがあるのです」

「ほう、何かね？」

「そちらの――キャスリーン嬢をいただきたく！」

シュトラウスが言い切るより早く、彼の後ろに控えていた兵士たちが突然周囲に剣を向けた。

ご婦人方の悲鳴や男性陣のどよめきが走り、リヒトはシュトラウスに向かって叫ぶ。

「シュトラウス殿！　いったい何を――」

「やれ！　キャシーに傷はつけるなよ‼」

『お前はもう用無しだ』とシュトラウスは囁《ささや》き、メイベルの背中をどん、と強く押した。

思わず床に倒れこむと、メイベルの体を飛び越えて兵士たちが壇上へと走り出す。

（お姉様‼）

絹を裂くような悲鳴と共に、姉たちは一斉に椅子から立ち上がった。キャスリーンも当然逃げようとしたが、兵士たちは何としてでも彼女を捕まえようと、我先に手を伸ばす。

すると彼らの足元から突如竜巻のような風が起こり、兵士たちはすぐさま足を止めた。

「──こいつに近づくな」

見ればユージーンが、キャスリーンを守るように立ちふさがっていた。

おそらく初めて目にしたであろう、彼の迫力に一瞬戸惑ったものの、兵士たちは再度戦意を取り戻し、ユージーンに剣の切っ先を向ける。

その光景を目の当たりにしたメイベルは、姉が無事だったことへの安堵《あんど》と同時に、強く胸が締め付けられるような感覚に襲われた。

（ユージーン……。やっぱり本当に、お姉様と……）

そんなメイベルの胸の内を知る由もなく、ユージーンは果敢に襲い掛かってくる兵士の攻撃を次から次へといなしていた。

それを目にしたシュトラウスは歯嚙《はが》みし、懐に忍ばせていた何かを取り出す。

（あれは──）

握り手のついた金属製の魔道具。

以前、トラヴィスが使っていたものと同じ武器だろう。

シュトラウスはそれをユージーンに向けると、威丈高に声を荒らげる。

「おい魔術師、キャシーから離れろ！　でないと――」

しかしシュトラウスの横言は、とてつもない轟音《ごうおん》によってかき消された。

動揺するリヒトや来賓たちの元に、兵士の一人が飛び込んで来る。

「て、敵襲です！　ウィスキからの攻撃が！」

「何⁉」

「国境付近に多数の軍勢を確認。さらに上空から、巨大な雷が次々と飛来して来ます！」

直後、天井から激しい破砕音が響き、大広間が大きく揺れた。

「皆、落ち着け！　まずは状況を――」

咄嗟に長女のガートルードが叫ぶが、来賓たちの耳には届かない。それどころか、とにかくここから離れようとする人々が、一斉に扉付近に押し寄せていた。

一方シュトラウスは、悪態をつきながら壇上を振り返る。

「くそ、手間取ったか……」

しかしキャスリーンは、なおもユージーンによってしっかりと守られており、兵士たちは手を出しあぐねているようだ。

すると何を思ったのか、シュトラウスは座り込んでいたメイベルの腕を掴んで引き立たせた。胸元に先ほどの魔道具をぐっと押し当てられる。

「――っ⁉」

「作戦変更だ。お前にはもう一度人質になってもらう。そうしてキャシーを――」

だが突如、衝撃に耐えきれなくなった天井の一部が崩落した。

直下にいた人ごみから悲鳴が上がり、驚いたシュトラウスが思わず手を離す。

そのわずかな隙に、メイベルは彼の手を振り払って逃げ出した。

「待て！　こいつ――」

「……！」

だが廊下には避難しようとする人々がひしめいており、メイベルはすぐさまその波に飲み込まれてしまう。全方向から体を押され、メイベルの意識が途切れかけた。

（……苦し……い……）

そんな時、誰かがメイベルの手首を強く摑んだ。

そのまま廊下の脇にあった倉庫の一室へと連れ込まれる。中から鍵をかけられたところで、メイベルは慌てて顔を上げた。

（誰⁉　まさか、またシュトラウスに――）

しかしそこにいたのはユージーンだった。

（ユージーン？　どうしてここに……）

「大丈夫か？」

メイベルが逡《しゅん》巡《じゅん》する一方で、ユージーンはすぐにメイベルの状態を確認する。

監禁生活やここに連れて来られるまでの扱いで、細い腕には痣《あざ》や傷がたくさんついていた。

「あいつら……なんてことを」

ユージーンがそっとその部分に触れる。

するとじんわりとした温かさが肌を伝い、痛みが引いていくような感覚に包まれた。

その触れ方があまりに優しくて、メイベルはつい涙を零《こぼ》しそうになる。

（ユージーン……。本当に、ユージーンだわ……）

だが彼が発した次の言葉に、メイベルは顔を強張らせた。

「──お前、メイベルだったんだな」

「……！」

メイベルは静かにうつむく。

きっと嘘をついていたことを責められるのだ。

だがユージーンはそんなメイベルを見て、何故《なぜ》か困ったように笑った。

「怒っているのか？」

今度はメイベルが驚く番だった。

「勝手に、お前の姉と婚約したことを」

「………」

メイベルはいたたまれなくなり、ぶんぶんと首を振る。

自分に怒る権利などない。

でも――悲しかったのは紛れもない事実だ。

「すまなかった」

「…………」

今すぐ、すべての理由を聞きたかった。

話したかった。謝りたかった。

そして――


(――私、あなたが好き)


だが声に出せば、たちまち自分は死んでしまう。

言葉に出来ない思いをなんとか伝えたいと、メイベルはユージーンの胸元に手を伸ばした。

「……メイベル？」

「…………」

メイベルの目から、限界を超えた涙がぽろぽろと零れ落ちた。

声を出すわけにはいかないと、必死に唇を噛みしめる。

そんなメイベルの様子に、ユージーンは驚いたように彼女の頬に手を添えた。

「メイベル、お前――」

だがその刹那、今まででいちばん大きな衝撃が王城に走った。

いよいよウィスキの侵攻が本格化したようだ。

「ここは危険だ。外に出るぞ」

「……！」

ユージーンに手を引かれ、メイベルは再び廊下へと出る。

城内には多くの瓦礫《がれき》や石片が散乱しており、打ち込まれた火矢から燃え移った炎が、赤い絨毯《じゅうたん》を黒く蝕《むしば》んでいた。

玄関に向かおうとしたものの、前庭には既に多くのウィスキ兵が侵入している。

「……っ、こっちだ」

すぐに踵《きびす》を返《かえ》し、塔の屋上へと続く階段を駆け上る。

走りながら、ユージーンは自らの思考を整理するように呟いた。

「この爆発……まさか向こうにも魔術師がいるのか……？」

（ムタビリス……）

屋上へと到着した二人は、転がり出るようにして扉の外に出た。

寒々とした冬空の下、どす黒い煙の柱があちこちから何本も立ち上っている。

城の周辺からは剣戟《けんげき》の音や兵士たちの怒号、姉のガートルードもまた、男たちに交じって勇壮に剣を振るっていた。

（ガートルードお姉様……他のお姉様たちも無事なのかしら……）

ウィスキの攻撃は城下町にも広く及んでおり、女性の甲高い悲鳴や子どもの泣き声などがメイベルの耳に飛び込んできた。

それは今まで見たことのない――まさに阿鼻叫喚《あびきょうかん》の地獄絵図。

（イクスが……みんなが……）

あまりの凄惨さにメイベルは絶望し、思わずその場にへたり込む。

それを見たユージーンは、すぐさま自身の片腕を掲げた。

「大丈夫だ、すぐに――」

だがユージーンが魔術を行使するより早く、二人のすぐ近くで爆発が起こった。

「――!!」

「メイベル！」

慌ててユージーンがメイベルを庇《かば》う。

魔術を中断させられた彼が舌打ちしていると、二人の上空からばさり、という羽ばたきの音が落ちてきた。

大きな影が足元に広がり、メイベルはゆっくりと顔を上げる。

（……やっぱり、来ていたのね……！）

メイベルたちの前に舞い降りたのは、白い仮面を着けたムタビリスだった。

その背中には黒く雄大な両翼が生えており、ムタビリスが地面に足を付くと同時に、弾《はじ》けるように消え去る。

そんな彼を、ユージーンは仮面越しに睨みつけた。

「お前、『シャドウ』か。一国への過剰な関与は推奨されないはずだが？」

「……おれは——」

「——彼は我が国に、魔術を供給しているだけですよ」

二人の会話に突然別の声が混じる。

メイベルが振り返ると、屋上に続く階段の入り口にトラヴィスが立っていた。

「ウィスキは、魔術師『シャドウ』の力を支配下に置いています。それを武器として転用させているだけですよ」

「なるほどな。道理で変な仮面を着けさせられているわけだ」

それを聞いたユージーンは、ふんと鼻で笑う。

「お前の事情はどうでもいい。僕の邪魔をするなら排除するまでだ」

ユージーンはそう言うと、自身の腕を肩の高さにまでゆっくりと持ち上げた。

指先をムタビリスへ向けたところで、トラヴィスが「おや」とわざとらしく声を上げる。

「いいんですか？　彼を殺してしまって」

「どういうことだ？」

「彼がいなくなれば、メイベル様は一生喋れないままですよ」

「——!?」

トラヴィスのその言葉に、ユージーンはすぐさまメイベルを見た。もの言いたげな——だが決して言葉を発さない様子を確認すると、ちっと短く舌打ちする。

「人間のくせに、魔術師のように陰湿な手を使う奴《やつ》だな」

「自己紹介どうも」

そう言うとトラヴィスは、自身の首から下げていたペンダントを握りしめた。

すると向かいにいたムタビリスが、突然顔を押さえて苦しみ始める。

「さあ『シャドウ』――その男を殺しなさい！」

その言葉を契機に、ムタビリスは低いうめき声を上げたまま、勢いよくユージーンに襲いかかった。ユージーンは即座に白い翼を生やすと、そのまま上空へと一気に飛翔《ひしょう》する。

だがムタビリスも同様に黒い翼を広げると、ユージーンを追うように垂直に飛び上がった。そのままぐんぐんとユージーンとの距離を詰めていく。

（ユージーン、ムタビリス……！）

二人は空高くでぶつかり、ばさばさばさっともつれた羽音が響き渡った。

ユージーンが体勢を崩し、わずかに高度を落とす。しかしその体勢のまま上を向くと、下から弓なりの鋭い風刃をいくつも打ち出した。

ムタビリスは咄嗟に躱《かわ》そうとしたが、そのうちの一つが肩をかすめる。

「……っ」

痛みに口元を歪めながら、バランスを崩したムタビリスが斜めに滑空する。それを今度はユージーンが追い上げた。お互いの動きが速すぎて、何が行われているのか、もはや視認出来ない。

（どうしよう、二人が……）

もちろんムタビリスには、今すぐ攻撃を止《や》めてもらいたい。

しかし彼はどうやら、トラヴィスに操られているようだ。

（トラヴィスがペンダントを握った途端、ムタビリスが苦しみ始めた……。もしかしたら、あれがあるせいで自由に動けないのかしら？　なら、あのペンダントを奪うことさえ出来れば――）

メイベルはトラヴィスの方を振り返る。

すると彼は空に浮かぶユージーンを見つめながら、右腕を上衣の中に忍ばせていた。ゆっくりと腕を抜き出したかと思えば、その手には例の魔道具が握られている。

以前セロとメイベルを気絶させた時に使ったものだ。

（もしかして、ユージーンを撃つつもりじゃ――）

慌ててユージーンの方を見る。

だが彼はムタビリスの相手をするのに必死で、地上の動向には気づいていないようだ。

（止めないと！）

メイベルは立ち上がり、トラヴィスに向けて全力で駆け出す。

だがトラヴィスはそんなメイベルを一瞥《いちべつ》しただけで、そのまま武器を空へと向けた。

引き金を引くと、黒い閃光《せんこう》が一直線に放たれる。

（だめ――）

射線上にはユージーンの姿。

間に合わない、と思った瞬間、メイベルはすべてを忘れて叫んでいた。

「――避《よ》けて！」

その声にユージーンはすぐ気づいた。
上体を大きく反らすと、真っ黒なその光線を紙一重で躱す。
それとほぼ同時に、メイベルはトラヴィスの胸元に勢いよく飛び込んだ。
「なにをっ……⁉」
（――ペンダント！）
メイベルは必死に手を伸ばし、彼の首に下がっていたペンダントを掴む。
だいぶ古いものだったのか、強く引っ張ると結んでいた紐《ひも》がぶつりと切れた。
（やった！）
それを見たメイベルは歓喜する。
だがその直後、あれ、と自身の喉を押さえた。
（私さっき、声を出したのに……）
しかし心臓は変わらず動いているし、体にもおかしなところはない。
疑問を浮かべるメイベルに、激昂《げきこう》したトラヴィスが襲い掛かった。
「返しなさい、この――」

トラヴィスは先ほどの武器をメイベルへと向ける。

そのわずかな隙をついて、空にいたムタビリスがこちらに急降下してきた。

「ありがとう、メイベル」

「――っ！」

そのままトラヴィスの腕を掴むと、彼の手にあった魔道具を奪い取る。武器を失ったトラヴィスは焦り、慌ててその場を離れようとした。

だが上空に浮かんでいたユージーンが、彼の頭上めがけてゆっくりと人差し指を下ろす。

途端に周囲の景色が歪み、トラヴィスは突然喉を押さえて苦しみ始めた。

「ッ……ぐ、……は っ……‼」

（な、何が起きてるの？）

トラヴィスは口や目を大きく開き、はくはくと悶《もだ》えている。やがて地面へ倒れ込むと、そのまま意識を失った。

それを見たユージーンは、右手で何かを払うような仕草をする。

トラヴィスを包んでいた空間の歪みが、ぱっと幻のように消え去った。

ばさり、と大きな羽音がして、ユージーンがようやくメイベルの隣に降り立つ。

「人に必要な要素を抜いた」

「必要な要素？」

「人が生きていくうえで、常に取り入れなければならない『酸素』というものがある。それをこいつの周りだけ大幅に減らした。だから気を失ったんだ」

ユージーンはトラヴィスが生きていることを確認すると、少し離れたところに立っていたムタビリスへと視線を向けた。

「これでよかったんだろう？」

「……うん、ありがとう。メイベルも。まさかペンダントを奪ってくれるなんて……」

ムタビリスはそう答えると、はあとため息を吐き出した。

「トラヴィスの持っていた魔道具は強力で、当たればおれたちでも一時的に意識を失う。だからいつ使うのか、そのタイミングをずっと警戒していたんだけど――そのせいで、君に当たってしまうところだった。本当に、ごめん……」

「当たらなかったから問題ない」

ちらとユージーンが目配せしたのに気づき、メイベルは少しだけ嬉しくなる。

だがすぐに「あっ」と声を上げると、ムタビリスに向かって問いただした。

「あの、あなた私に、魔術をかけたはずよね？　話すと死に至るっていう――」

だが聞かれたムタビリスはしばしきょとんとしたあと、口元に幼い笑みを浮かべる。

「うん、かけた。でもきみにはかかってないよ」

「え？」

「正確には『かけられなかった』。メイベル、きみは――」

「話をしているところ悪いが、まだ片付けが残っている」

ムタビリスの言葉を遮るように、ユージーンが親指で城下を指さした。魔術による攻撃は止んだものの、まだ城内にも多くの敵兵が残っている。

「ごめん。そうだね」

ムタビリスは頷《うなず》くと、そっとメイベルの前に立った。

思わず距離を取るメイベルに、申し訳なさそうに願い出る。

「メイベル、お願いがあるんだ」

「な、なに？」

「この仮面を外してほしい」

「……？」

メイベルは慎重に、ムタビリスの白い仮面へ手を伸ばす。

縁に指を当てた瞬間、そこがじわりと熱を孕《はら》んだのが分かった。だが火傷《やけど》をするようなものではなく、メイベルはそのまま仮面を外す。

（これが……ムタビリスの素顔――）

仮面の下から現れたのは、白く透き通った肌と、晴れ渡る夏空のような青色の瞳だった。

まるで雪の精霊のような清廉な雰囲気を漂わせている。

（ユージーンやロウとは違う……でも、綺麗な顔だわ……）

さすが仮面魔術師、と感心するのもつかの間、ムタビリスはメイベルと目を合わせるとにこりと微笑んだ。その顔があまりにも無邪気で、メイベルは少しだけどきりとする。

「ありがとう。これでもう大丈夫」

「大丈夫って……」

「おれはこの仮面のせいで、ウィスキに力を縛られていた。でももう——自由だ」

そう言ってムタビリスは黒い羽を広げると、勇壮に上空へと舞い上がった。

上にはユージーンが待機しており、二人の魔術師が並び立つ。

「——いくぞ」

「うん」

ムタビリスは右手を高く掲げる。その手を水平に動かすと、まるで空が波打つように複数の白い稲光が走る。それらは次々と城下へ落下し、ウィスキ兵たちをピンポイントで気絶させた。

続けてユージーンが両腕を持ち上げ、意識のない兵士たちを空中に浮上させる。そのまま軽く追い払うような仕草をした途端、中空を漂っていた兵士たちが、ウィスキめがけて一斉に飛んでいった。

その中にはシュトラウスの姿もある。

（す、すごい……こんなに簡単に……）

おまけに敵兵を排除する一方、壊された城壁や窓ガラスなどがみるみる復元されていった。

中庭で戦闘していたイクス王国の兵士たちは、ウィスキの兵が次々と昏倒《こんとう》し飛び去って行く姿を、ただ呆然と眺めている。

やがて数刻もせずに、イクス王国城内からすべての敵影が無くなった。破壊された建物も全部再

建されており、折れたはずの国旗が城の最上にまっすぐ掲げられる。

やがてユージーンとムタビリスはメイベルの元へ降りてきた。

「終わったぞ」

「………………」

大きな目を見開いたまま、メイベルはそろそろとユージーンを見上げる。

黒い仮面を着けた彼は、どうしたというように小首をかしげた。

「メイベル？」

「あ、ありがとう……！」

「――!?」

メイベルはそのまま勢いよくユージーンに抱きつく。

突然のことにユージーンは石のように硬直し、先ほどまで優雅に魔術を操っていた手は、どこに下ろせばいいか分からず、わたわたと宙を摑んでいた。

その姿を見て、隣にいたムタビリスがくすっと笑う。

「ありがとう……。あなたのおかげで、イクス王国が……みんなが、救われたわ……」

「メイベル……」

そこでようやくメイベルは、自分が泣いていることに気づいた。

誘拐されてからずっと張っていた虚勢や、王国内に敵を引き入れてしまった罪悪感などから、ようやく解放されたせいだろう。

止めようと必死に手で拭うが、どうにも収まる様子がない。

「ご、ごめんなさい、ほっとしたら、涙が……」

「………」

するとユージーンがそっとメイベルの背中に腕を回した。

恐る恐る力を込めながら、静かに呟く。

「僕の方こそ……ごめん」

「どうして、あなたが謝るの……？」

「お前がくれた手紙を……ずっと、読めなかった。僕があんなことを言ったから、嫌になって逃げたんだと思って……。どんなことが書かれているのか怖くて、開けなかった……」

「そう……だったのね……」

好意を伝えた途端、逃げるように城からいなくなってしまったウィミィ。

少しして彼女の主《あるじ》から手紙が届いたが、ユージーンにはどうしてもそれを開封することが出来なかった。

もしも、一生の別れを告げられるものだったら。

魔術師なんて恐ろしい、と非難されるものだったら。

だがどうしても彼女のことが忘れられず、どんなことが書かれていても受け入れよう、それが真実だと覚悟を決めて——ようやく封を開いた。

しかしそこに書かれていたのは、彼女からの真摯な謝罪だった。

本当は自分がメイベルであったこと。

騙《だま》していてごめんなさい、という言葉。

それを読み終えたユージーンは、自らの行動を思い返し、激しく後悔した。

「僕は何も知らずにお前を非難していた……。自分で確かめにも来ない、愚かな奴だと……」

謝っても許してもらえないかもしれない。

でも伝えなければならない、とイクス王国の城へと向かった。

そこで初めて、メイベルが誘拐されたことを知ったそうだ。

「僕がもっと早くに読んでいれば、こんな、怖い思いをさせなくてすんだのに……」

「ううん。いいの。私の方こそ……ずっと嘘をついていてごめんなさい」

「メイベル……」

再び眦《まなじり》に涙が溢《あふ》れたのが分かり、メイベルは静かに瞼《まぶた》を閉じた。それを見たユージーンが、ぐいっとメイベルを抱き寄せる。

すると背後で突然、屋上の扉がけたたましく開いた。

「メイベル！　無事かー！」

「お、お姉様⁉」

そこにはドレス姿のまま勇ましく剣を握る長女・ガートルードの姿があり――ユージーンとメイベルは飛び上がるようにして、すぐさま体を離したのであった。

◆

その後、皆のいる大広間に戻ってきたメイベルは、ぽかんと口を開けていた。

「嘘……ですか？」

「騙すような真似《まね》をしてすまなかった、メイベル」

そう言うとメイベルの父・リヒト陛下がゆっくりと頭を下げる。

「事情はそこのユージーン殿からすべて聞いた。儂《わし》の知らぬところで、お前と魔術師殿とを婚約させようしていた計画があったと……。気づいてやれなくて、本当にすまなかった」

「そ、それはもう良《い》いんですが……。じゃあ、ユージーン様とキャスリーンお姉様は、実際には婚約していないってこと……？」

「ええ、安心してメイベル」

華やかな笑みを浮かべるキャスリーンを見たあと、メイベルは隣にいたユージーンをぎこちなく見上げた。

それに気付いたユージーンは、ばつが悪そうに話を引き受ける。

「……僕がこの城を訪れた時、お前は何者かによって誘拐されていた。状況を聞いたところ、姉と間違って攫われた可能性が高い、と考えたんだ」

「だから、お姉様と婚約したという声明を？」

「本来の目的がお前の姉なら、それに関わる話を大々的に流せば、犯人はそれを阻止しようと必ずこの場に現れる。そこを捕まえればいいと提案した。……まあまさか、ここまで大事《おおごと》になるとは思わなかったがな」

「よ、良かった……。私てっきり、二人が本当に結婚するのかと……」

安堵のため息を漏らすメイベルを、ユージーンはじっと仮面越しに見つめていた。

だがはあと呆れたように首を振ると、少し苛立ったように続ける。

「そんなわけないだろ。お前、僕の好意をそんな半端なものだと思っていたのか？」

「い、いいえ！　そういうわけではないんですが……」

改めて言われると恥ずかしくなり、メイベルは照れながらうつむいた。

そんな二人見ていた国王は、はっはと朗《ほが》らかに笑っている。

「改めて礼を言おう、ユージーン殿。貴殿のおかげでこのイクス王国は守られた」

「別にお前たちのためじゃない。こいつがいるから仕方なしにだ」

「これは手厳しい」

うんうんと嬉しそうに頷いた国王は、玉座のひじ掛けに置いていた両手を開いた。

「ともあれ、我が国を守ってくれた礼はしなければなるまい。何か望むものはあるかね？」

その問いに、メイベルは少しだけ興味を惹《ひ》かれた。

（ユージーンが欲しいものって、いったい何なのかしら？）

先ほど見せた圧倒的な魔術の力。

あの翼でどこにだって行けるし、なんだって手に入るだろう。

するとユージーンは、あれこれと想像するメイベルを一瞥し、ふっと口元に笑みを刻んだ。

「では――こちらの末姫、メイベル・ラトラ・イクス様をいただきたい」

「え⁉」

メイベルはその瞬間、人前であることも忘れて声を上げてしまった。

広間に集まっていた貴族たちの間でどよめきが起こり、四人の姫たちもそれぞれ驚きや感嘆の表情を浮かべている。

やがて父であるリヒトが、確かめるようにユージーンに問いかけた。

「それはつまり、この子との結婚を望んでいると――そういうことでよろしいかな」

「ああ」

「……メイベル、どうかね？」

衆人環視の中でのプロポーズに驚愕《きょうがく》していたメイベルだったが、父親のその問いかけにようやく意識を取り戻す。ユージーンの方を振り返ると、彼を見つめて満面の笑みを浮かべた。

「……喜んで！」

それを見たユージーンもまた、仮面の下の目を嬉しそうに細めるのだった。

# 第八章　改めまして婚約者殿

ウィスキ侵攻事件から一ヵ月後——まもなく春を迎える季節。

メイベルはイクスの外れにある、ユージーンの館に戻っていた。

今は手に大きな籠編みのバスケットと敷布《しきふ》を抱えて、二階の突き当りにあるユージーンの部屋の扉をノックしている。

「ユージーンさん、準備出来ました！」

「ああ、今行く」

メイベルから呼ばれて自室から出てきたユージーンは、彼女が手にしていた大きなバスケットを奪い取ると、すたすたと階下へと向かった。

それを見たメイベルは、嬉《うれ》しそうにその後を追う。

今日は天気が良くて暖かいからと、庭で昼食を取ろうと提案したのだ。

館外へ出ると、アクアマリンを溶かし込んだような美しい水色の空と、艶々と眩《まぶ》しい新緑の芝が目に飛び込んできた。気温もさほど高くなく、心地よい風が吹いている。

「このあたりでいいか」

「はい！」

歴史を感じさせる大木の木陰に、ユージーンは持っていたバスケットを置いた。

敷布を広げて腰を下ろしたところで、メイベルがバスケットの中身を次々と披露する。

「これが鮭《さけ》とチーズのサンドイッチに、こっちがトマトと鶏肉《とりにく》です。こっちはじゃがいものキッシュとローストビーフで――」

楽しそうに説明するメイベルを、ユージーンは少し呆《あき》れた顔で眺めていた。

「そんなに食べきれるか？」

「もちろん、残ったら晩御飯ですよ」

ユージーンは差し出されたサンドイッチを受け取ると、仮面の下から見える口に運んだ。

何度か咀嚼《そしゃく》し、ふと口元を緩ませる。

「うまいよ」

「本当ですか⁉」

「ああ」

ほっとしたメイベルは自分もサンドイッチを手に取る。

柔らかいパンに挟まれた燻製《くんせい》鮭の旨味《うまみ》がじわりと口の中に広がり、一緒に入れたチーズの濃厚さがそれを後押しする。二つ目はどれにしようかと迷っていると、ユージーンは既に三つ目のサンドイッチを口にしているところだった。

「今、飲み物も出しますね」

度数の低いワインを開け、ユージーンと自分用に注ぐと一つを彼に渡す。

苦味と酸味のきいたそれを飲みながら、メイベルはしみじみと平穏を嚙《か》みしめた。

「どうした？」

「あ、いえ……平和だなあって」

それを聞いたユージーンは飲んでいたワインを置くと、メイベルの方へと体を倒した。

そのままぽすんとメイベルの膝に頭を乗せる。

「ユージーンさん？」

「少し寝る」

「えええ……」

そう言うとユージーンは完全に、メイベルの膝の上で寝る態勢に入ってしまった。

どうしたものかと困惑するメイベルだったが、洗濯も掃除も終わっているし、午後も特に予定はないため、このままでいいかと諦める。

居心地悪そうに時折頭を動かすユージーンを見て、メイベルはふと気付いた。

「あの、寝づらそうなので、仮面取りますね」

「ああ」

そっと仮面を取り外す。

相変わらず完璧な曲線を描く輪郭に、吸い込まれそうな美貌。シミどころか荒れ一つない肌に感心していると、ユージーンが真下からメイベルを見上げた。

「なんだ？」

「いえ、相変わらず綺麗《きれい》な顔だなあと」

「……………」

メイベルのその言葉に、ユージーンは不満そうにふいと目をそらす。

しかしすぐに視線を戻すと、真剣な眼差《まなざ》しでメイベルに伝えた。

「僕は、お前の顔の方が好きだ」

「え？」

「世界でいちばん——綺麗だと、思う」

太陽の雫《しずく》を集めたような金色の瞳が、メイベルの両目をしっかりと捉える。その虹彩《こうさい》にメイベルはしばしば心を奪われていたが、突然、胸の奥がちくりと痛んだ。

そこでようやく言われた言葉を思い出し、改めて顔を真っ赤にする。

「わ、私なんて……！　本当になんにもない、ただの普通の」

「ただの普通の奴《やつ》が、二階まで上がって窓ガラス割らないだろ」

「あ、あれは！　ユージーンさんが危ないと思って、もう必死で……！」

ユージーンは軽く笑ったあと、黒い手袋に覆われた片手をメイベルの頬に伸ばした。

メイベルは反射的にうつむくが、すぐに顔を持ち上げられてしまう。

（本当に……これ自体が『魔術』みたい……）

天才造形師が丹精込めて作り上げた彫刻のような、絶妙な配置の目と鼻。

化粧もしていないのに透き通るような肌。男性らしい薄い唇。

見た者が誰しも心を奪われるという魔術師の素顔を前にして、メイベルは息を呑《の》んだ。

「メイベル……」

「……！」

するとと寝ていたはずのユージーンが、ゆっくりと上体を起こす。

徐々に近づいてくる彼の顔を前に、メイベルは口には出さないものの動揺した。

（も、もしかしてこれって、キス、されるんじゃ――）

どう受け止めればいいか分からず、メイベルはぎゅっと両目を瞑《つぶ》る。

すると上空から、ばさりと大きな羽音が降ってきた。

しかも二人分。

「おっと。出直した方が良かったかな？」

「ご、ごめん！　おれ、見ないようにするから……」

「………」

真っ赤になってすぐさま離れたメイベルに対して、ユージーンは不機嫌そうに空からの来客を睨《にら》みつけた。視線の先にいるのは深紅の仮面を着けたロウと、仮面の上から手で両目を覆っているムタビリスだ。

「何しに来た」

「いや、こいつがお前に会いたいって言うから」

「ご、ごめん……」

ロウから指さされたムタビリスは、申し訳なさそうに頭を下げる。

二人は羽ばたきを変え、ふわりと優雅に着地した。

「改めましてユージーン。おれはムタビリス。アーキタイプは『シャドウ』だよ」

「……『アニマ』だ」

はあ、とユージーンがため息をつくのを見て、ムタビリスは丁寧にお辞儀をする。

「この前は、ありがとう」

「別に、お前のためじゃない」

「うん。分かってるよ」

すぐさま会話が終わってしまい、メイベルはそろそろとムタビリスに話しかけた。

「あ、あの、ムタビリス」

「メイベル。きみにも色々と迷惑をかけたね」

「それはもういいわ。それより、ずっとお礼を言わないといけないと思っていたの。あなた、私にわざと魔術をかけなかったのね」

声を出すと死に至る魔術。

だがトラヴィスの奇襲からユージーンを守るため、メイベルが叫んだところで、術は発動しなかった。そのためムタビリスが『かけたふりをしてくれた』と、メイベルは考えていたのだが――彼の返事は意外なものだった。

「ご、ごめん、メイベル。おれはあの時、魔術を使っちゃったんだ」

「え？」

「でも弾《はじ》かれた。君が元々持っていた、『別の魔術』のおかげで」

「別の魔術？」

その言葉にユージーンがわずかに反応する。

ムタビリスもそれに気づいたのか、一瞬目配せした。

「多分だけど、メイベルは心に『魔術』がかかっている」

「心に、魔術が？」

メイベルが繰り返すのを聞きながら、ムタビリスは話を続ける。

「イクス王国に行って確認したよ。君のお姉さんたちにも、それぞれ魔術がかけられていた。元々魔力を持って生まれた訳じゃない。屈強な体、美しい歌声、類《たぐい》まれなる美貌、優れた楽才……。それらと同じ魔術が、君の場合『心』に宿っているんだと思う」

「私にも……魔術が……」

きらびやかな姉たちに比べて、何も持たない末の姫。

でも自分にもちゃんと、魔術は与えられていた。

それは誰からも見えない――『心』という場所に。

驚きと喜びがない交ぜになるメイベルの隣で、ロウが「なるほどね」と手を叩《たた》いた。

「だからメイベルちゃんは、俺たちの顔を見ても魅了されないのか」

「うん。多分精神に作用する、あらゆる魔術を無効化するんだと思うよ」

「……なるほどな、それであの森も抜けられたのか」

「森……」

ユージーンの呟《つぶや》きに、メイベルもようやく思い出す。

言われてみれば館に続く森を抜ける時も、初めてユージーンの素顔を見た時も。果ては獣姿の彼と対峙した時も――メイベルの心臓は痛みを感じていた。

おそらくあれは『魔術』による防衛反応だったのだろう。

しかし同時に疑問が生じる。

「でも、どうして私やお姉様たちに魔術が？　そんな機会、今まで一度も――」

「かけたのはきみのお母さんだよ――メルヴェイユーズ・ラトラ・イクス」

「お母様が？」

突然母親の名前を出され、メイベルは目をしばたたかせた。

「もちろん、きみのお母さんが魔術を使えたわけじゃない。その力は、魔術師が作り出した『心』という存在が元になっている」

「『心』？」

「生涯で一度だけ、魔術師が自身の持つ魔力の大半を費やすことで生み出せる『魔力の塊』のことをそう呼ぶんだ。これがあれば魔力がない人間でも、その魔術師と同じような魔術を使うことが出来る。すっごく万能な魔道具、と言い代えてもいいのかな」

「もしかしてそれが『メルヴェイユーズの心』……？」

かつてトラヴィスが、ムタビリスに向けて告げた言葉を思い出す。

「そう。その魔術師はきみのお母さんに恋をして、でも……自ら身を引いた。その時、自分の代わりに彼女を守ってくれるよう、魔術師の命ともいえる『心』を贈ったんだ」

そうして魔術師は姿を消し、メイベルの母は王妃となった。

そこでムタビリスがふと複雑な表情を浮かべる。

「ただその……メルヴェイユーズさんが亡くなった、って噂《うわさ》を耳にして……。おれは彼女が持っていたであろう『心』を回収しに行った。でも、どこにも見当たらなくて……」

「無くなっていたの？」

「うん。その時は『誰かに奪われた』と思って、必死になって探し回った。そうしたらウィスキがそれを持っているって連絡をくれて、返してほしいと頼みに行ったんだ。でもあいつらは『自分たちに協力すれば考えてやる』といって、そのままおれの力を――」

「ひどい……」

「逃げ出すのは簡単だったけど、もしも本当に『メルヴェイユーズの心』がウィスキにあるのなら、どうしても取り返したかった。でも結局それも全部、あいつらの嘘《うそ》だった。だって……『メルヴェイユーズの心』はもう――どこにもなかったんだから」

「どういうこと？」

するとムタビリスはメイベルを見て、柔らかく微笑《ほほえ》んだ。

「『メルヴェイユーズの心』はきみの母親によって、五人の娘たちに平等に分け与えられていたんだ。これがメイベルにかけられた『魔術』の正体」

「お母様が、私たちに……？」

「きっとメルヴェイユーズさんは自分の死後、悪意のある人間に『心』を奪われることを恐れたんだろうね。そして残していくきみたちに、少しでも幸せになってほしかった――」

「…………」

メイベルは、胸の奥が温かくなっていくのをはっきりと感じていた。

母を愛した魔術師が残した『メルヴェイユーズの心』。

それは娘たちを愛する母の願いにより、その子どもたちにそれぞれ引き継がれたのだ。

（お母様……）

すると感慨に浸っているメイベルをよそに、ロウがムタビリスにぼそりと尋ねた。

「探していた、はいいけど……。もしかしてその『心』を与えたのってお前本人なの？」

「ちっ、違うよ⁉　その、おれの、先生にあたる人、っていうか……」

「なるほど、師匠の後始末ってわけか」

そこでようやく、ムタビリスは安堵《あんど》の笑みを浮かべた。

「ありがとうメイベル。きみのおかげで、おれもようやく肩の荷が下りたよ」

「こちらこそ。大切なことを教えてくれて……ありがとう」

メイベルの顔に自然と笑みが浮かび、つられたようにムタビリスが微笑む。

そんな二人を見ていたユージーンが、ようやく顎で館近くの森を指し示した。

「話は終わったか？　どうでもいいが、そろそろ帰れ」

にべもない追い出しに、ロウがやだやだと大げさに肩をすくめる。

「はあー……。彼女が出来た途端これですよ」

「ご、ごめん、気が利かなくて。今度はちゃんと連絡してから来るようにするから」

「いいから二人とも、さっさと消えろ！」

ちえーと赤い羽根を羽ばたかせてロウが浮かび上がると、それに続いてムタビリスも黒い翼を広げる。優雅に飛び去って行く二人を見送ったあと、メイベルはユージーンの方を振り返った。

「でもびっくりしました。まさか私の心に魔術がかかっていたなんて……。でもそのおかげで、ユージーンさんの顔を見ても平気だったんですね」

「まあ、既に魔術がかかっていれば、そう簡単に別の魔術に上書きされないだろうからな」

はあ、とユージーンは疲れたように頭をかく。

それを横目に見ていたメイベルだったが、ユージーンの前に立つとその手を取った。

「私、お母様に『ありがとう』って言わないと」

「……？」

「おかげで……ユージーンさんとこうして、目を見て笑いあえるから」

メイベルはそう言うと、花が咲いたように笑った。

ユージーンもまた口元をほころばせると、メイベルの手を握り返す。

「それなら僕は、お前に言わないとな。……ありがとう、こんな僕の傍《そば》にいてくれて」

「ふふっ」

さわさわと優しい風が草原を揺らす。

その音の中で、二人は初めての口づけを交わすのだった。

# 第九章　新しい婚約者

メイベルがユージーンの婚約者となってから、一ヵ月が経過した。

その間、隣国ウィスキとの協議もつつがなく進行している。

ウィスキ側の主張によると、先般の侵攻は国王が命じたものではなく、一目ぼれしたキャスリーン王女を強奪するため、シュトラウスが独断で起こしたものとされていた。

王の意向に背いたシュトラウスは王位継承権を剝奪され、辺境の邸《やしき》で生涯を過ごすように命じられたらしい。

また逆臣トラヴィスも捕らえられ、こちらは現在イクス王国の牢《ろう》に勾留されている。

イクス王国の内情を横流ししつつ、頃合いを見計ってイクスをウィスキの支配下に置く。そしてシュトラウスが次期王となった暁には、その領地の管理権を――という計画だったようだが、ユージーンとムタビリスという二人の仮面魔術師の手によって、その策はあっけなく崩壊した。

正直なところ、ウィスキの言い分がどこまで正しいものなのかは分からない。

だがウィスキからは正式な謝罪と賠償金、そしてなんと二国間の友好条約を提案された。

これまで虎視眈々《こしたんたん》と領土を狙っていたのに――とイクスの貴族たちは大いに勘ぐったが、おそらく仮面魔術師の力を目の当たりにしたウィスキが、逆に自国に攻め込んで来られてはたまらないと先手を打ったのではないか、という見方が最近の主流である。

こうしてメイベルは期せずして、ウィスキの脅威を退けたのであった。

◆

そんな功労者メイベルは、久しぶりに王城に呼ばれていた。

だが今は怒りを堪《こら》えながら、そっと耳の後ろに手を添えている。

「ごめんなさい。もう一度聞いていいかしら」

「ええと、ですので……。メイベル様の新しい婚約者の方が、近いうちにイクスにお見えになるそうで……」

「だから――『新しい婚約者』って何⁉」

前述の一件により、メイベルは無事ユージーンと正式な婚約を結んだ。

それなのに何故《なぜ》いきなり、『新しい婚約者』などという単語が出てくるのか。

「じ、実は、その……以前よりメイベル様の婚約者候補として、議会があたりをつけていた方がおりまして……。ただ、非常に遠方の大国なので、連絡だ思うように進まなくて……。そうこうしているうちに、例のトラヴィスが公爵家をそそのかしてご提案を……」

「ウィスキから守ってもらうために、私たちの誰かを仮面魔術師と結婚させよう、ってやつね」

「さ、左様で……」

申し訳なさそうに頭を下げる禿頭《とくとう》の男性は、王佐となったリードーだ。イクスへの外患罪で逮捕勾留されている元上司・トラヴィスに代わり、彼が王宮を取り仕切っているらしい。

「その節は我々がいたらなかったせいで、メイベル様には多大なご心労をおかけしてしまいました……。本当に、本当に申し訳なく思っております……」

「……ううん」

リードーの言う通り、メイベルの婚約はなかば無計画に始まったものだった。

だがおかげでメイベルはユージーンと出会うことが出来、今は幸せな日々を送っている。それを考えると、目の前で青菜に塩と化している彼を責め立てる気持ちにはなれない。

「……そのことはもう良《い》いわ。でも私は既に、ユージーンさんと婚約しています。新しい婚約者の方にはお断りをしていただけないでしょうか」

「そ、それが、お相手はあの『キィサ』の王子殿下でして……。……実は数日前、既にこちらに向かって船を出したとの伝令が届いたんです……」

「キィサから？　海を渡ってわざわざ？」

イクス王国のある大陸から、海を挟んで東にある別大陸。

その中で最も栄えていると言われるのが商業大国キィサである。

温暖な気候と豊かな農産物に恵まれ、イクスとはまた違った文化が発展している国。ただ海路という障害があるため、こちらとの交流はまだ数えるほどしかないのが現状だ。

たしかにキィサから来るのであれば、連絡が入れ違いになることもあるだろう。

だがそれとメイベルに新しい婚約者が出来るのとでは、問題の本質が違う。

「もちろん、ご挨拶であれば喜んでいたします。ですが私はユージーンさん以外と、婚約を結ぶつもりはありません。そのことをきちんと伝えていただけますか？」

「は、はあ……」

困ったように眉根を寄せるリードーに頭を下げ、メイベルはすっくと席を立った。

（今さら新しい婚約者って……ちょっと勝手すぎる気がするわ！）

腹立たしい気持ちを抑えながら、メイベルはずんずんと王城の長い廊下を歩いて行く。

キィサとの連絡にずれが生じてしまったことは仕方がないが、どうしてメイベルの婚約が決定した時点で、すぐに先方にお断りをしてくれなかったのだろう。

トラヴィスという頭脳を失った議会が、未だ上手《うま》く機能していないとは噂《うわさ》されていたが——まさかメイベルの婚約まで巻き込まれていたとは。

（でもあれだけはっきり言ったし、きっと断ってくれるわよね……）

気持ちを落ち着けるように、はあと息を吐き出す。

するとそんな妹の姿を見つけた長姉・ガートルードが廊下の向こうで手を上げた。

「メイベル、久しいな！」

「お姉様！　お元気でしたか？」

ああ、と爽やかな笑みを返すガートルードは、今日も凛々《りり》しく輝いている。

後ろで一つに縛った艶《つや》やかな黒髪が男装姿によく似合っており、そこらの男では容姿でも剣の腕でもかなわないだろう。

「お前が帰ってきたというから、部屋に行こうとしたんだが……もう帰るのか？」

「はい。食事の準備もありますので」

「メイベルの料理は旨《うま》いからな、ユージーン殿が羨ましい」

そう言えば、とガートルードが続ける。

「出来ればユージーン殿に、我がイクスを守ってくれた礼を直接申し上げたいんだが……。こちらに来られる時か、伺っても構わない日取りを聞いてもらえないだろうか？」

「そ、そうですね……」

だが言われたメイベルはしばらく考え込んだ後、慎重に口を開いた。

「ただその……ユージーンさんは街中に出たり、人と会ったりするのが苦手と言いますか……。出来る限り、あまり他人とは顔を合わせたくないという感じなので、もしかしたら難しいかもしれません……」

（と言うか、うっかり顔を見られたら大変なことになるのよね……）

メイベルの婚約者であるユージーンは、世界でも非常に希少な魔術師だ。

あまり知られていないが、保有する魔力の影響で彼らは皆とても美しい顔をしている。

単に見目が良い――だけで済めばいいのだが、実際のところその素顔を見てしまうと、完膚なきまでに魅了されたり、意識が遠のいたりと、実生活に支障をきたしてしまうのだ。

この被害を防止するため、魔術師の彼らは普段から仮面を顔に着けている。

その結果――『仮面魔術師』と呼ばれるようになったのだ。

（仮面越しなら大丈夫だけど……。社交の場となると、着けたままではいかない状況もたくさんあるでしょうし……）

それもあって、ユージーンは普段からほとんど人前に姿を現さない。

メイベルが専属のメイドを館へ連れて行かないのも、こうした事情のためである。

濁した返事にガートルードは「そうか」と少しだけ寂しそうに笑った。

「それなら仕方がないな。まあ、機会があれば酒でもと伝えてくれ。来月には『花の祭典《シャン・ド・フルール》』もあることだしな」

「花の祭典《シャン・ド・フルール》……」

花の祭典《シャン・ド・フルール》――一年に一度、この季節に行われるお祭りだ。

他国から多くの観光客が訪れ、通りにはずらりと屋台が並ぶ。広場では大道芸人が曲芸を披露したり、お酒や御馳走《ごちそう》がふんだんにふるまわれたりと、イクスの王都が活気づく一日である。

王城でも式典があったり、孤児院のバザーに品物を提供したりと、メイベルたち王族も何かと忙しい。

（そういえば、ユージーンは行ったことあるのかしら？　人がたくさんいるから難しいかもしれないけど……一応、誘ってみようかしら？）

あの華やかな日を彼と一緒に過ごせたら、どれだけ楽しいことだろう。

「分かりました、今度聞いてみますね」

「無理はしなくていい。頼んだぞ」

「はい！」

ガートルードの良いところはこうした時に追及せず、ただ受け入れてくれるところだ。

メイベルは久方ぶりに会えた姉の優しさに感謝しつつ、王城をあとにした。

◆

ユージーンの住む館は、イクスの端にある深い森を抜けた先にある。

初めて訪れた時は、へとへとになって通り抜けた難所だった。その時は一度きりのつもりで歩き切ったメイベルだったが、正式な婚約者となった今、どうしても館と王城とを行き来する機会は多くなる。

そのたびに森に入って泥だらけになるのは……と悩んでいたところ、ユージーンが魔術で出来た扉を設置してくれた。森の入り口と抜けた先にそれぞれ設置されており、どちらかから入ると、もう一方から出られるという仕組みである。

空間を凝縮して零距離《ゼロ》にすることで、移動や物資の供給を瞬時に行うことが出来る――とユージーンが説明していた記憶はあるが、詳しい原理はよく分かっていない。

メイベルが慣れた様子で扉をくぐると、館の近くに何人かの人影が見えた。

（……？　どうしてこんなに人が？）

森にはユージーンが魔術を施しており、出入りの商人など、特別な許可を得た者しか通り抜けることは出来ない。先ほどの扉を使えるのもメイベルだけだ。

よくよく見ればその中に、館にいつも食材を運んでくれるセロの姿があった。

（ということは商会の方かしら……）

メイベルが首をかしげていると、彼女が帰ってきたことに気づいたのか、そのうちの一人がこちらに近づいて来る。

かなり背の高い男性で、その肌は褐色だった。

鍛え上げられた筋肉が腕や肩についており、騎士や兵士たちと遜色ない体つきをしている。髪は銀と白が混じった明るい鈍色《にびいろ》で、虹彩《こうさい》は海に沈む夕日のような美しい橙色《だいだいいろ》。通った鼻筋が彼の端整な美貌を見事に引き立てている。

（な、なんか、迫力ある人が……）

こちらではあまり見かけない幾何学的な意匠の装飾や、ゆったりとした袖の洋服を着ており、男性にしては珍しく、極彩色の耳飾りも着けていた。頭には派手な色の布を巻いており、それを縛る紐《ひも》の端には、水色や紫色のガラス玉が揺れている。

男はメイベルを見ると、粒の揃《そろ》った白い歯を見せながらにっこりと微笑《ほほえ》んだ。

「お前がメイベルか。待ちくたびれたぞ！」

「え？」

「迎えに来た。共にキィサに帰ろう」

そう言うと青年はメイベルの手を取り、甲に軽く口づける真似《まね》をした。

驚いたメイベルは慌てて手を引っ込める。

「ど、どちら様ですか⁉」

「なんだ、話が伝わっていないのか？　オレはアマネ・ヒイラギ。お前の婚約者だ」

にっと口角を上げた男を前に、メイベルは絶句していた。何度か瞬き、ゆっくりと思考を回す。

（婚約者……ってことは、この人が例のキィサの王子⁉）

アマネと名乗った彼は、じっと観察しているメイベルに気づいたのか、再び爽やかな笑みを浮かべた。

「お前がこの館にいると聞いてな。森を抜けるのに先達が必要だというから、そこの男に頼んで案内をさせたところだ」

そこの男、と言われた方を見る。

すると疲れ果てた様子のセロが、弱々しくメイベルに片手を上げた。今日配達の予定はなかったので、休みのところをアマネから無理やり引っ張り出されたのだろう。

（というか、もう来ているなんて聞いてないわ！　それに館にまで……）

おまけにメイベルが婚約をしているという話も伝わっていないようだ。

しばし混乱していたメイベルだったが、ここできちんと伝えておかなければ、とこほんと咳払《せきばら》いする。

「ええと、アマネ殿下。その、キィサとのお話は先ほど伺いました。ただあの、本当に申し訳ないのですが、私は既に他の方との縁談が決まっておりまして……」

するとアマネはああ、と眼《め》を細めた。

「聞いている」

「そうですか、聞いて……聞いて？」

「港で民たちが話しているのをな。だがまだ正式な婚約の儀はしていないんだろう？」

「それはまだですけど……ってあの、聞いてました？　私もう婚約者が」

「──いったい何なんだ、騒々しい」

直後、メイベルの上空でばさりと大きな羽音が響いた。

黒い仮面を着けたユージーンがメイベルの隣に降り立つ。

「……！」

人が空を飛んでいたという光景に、アマネは一瞬言葉を失っているようだった。

しかしすぐに余裕を取り戻すと、冷たい視線をぶつけてくるユージーンに対峙《たいじ》し、挑発するように切り出す。

「もしかして、お前が『仮面魔術師』のユージーンか？」

「誰だこいつ」

「キィサから来たアマネ殿下で……って今そんな紹介をしている場合じゃ」

「ちょうどいい。ユージーン、オレはお前に決闘を申し込む！」

「ええ⁉」

何を言い出すつもり、とメイベルは青ざめる。

だが嫌な予感は的中し、アマネはユージーンに向かって拳を突き立てた。

「オレはメイベルに求婚する。そして正式な婚約者の座を奪い取ってやるぞ！」

「………………」

（や、やめてー‼）

メイベルは心の中で絶叫する。

同時に隣からただならぬ圧を感じ、恐る恐るユージーンの方を見た。

彼の背後からは実に禍々《まがまが》しい気配が立ちのぼっており——顔の半分が隠れていても、明らかに怒りを孕《はら》んでいると分かる。

やがて仮面の奥の金色の目が、肉食獣のようにすうっと細められた。

「……ほう？」

（あ、あわわわ……）

その口元には優雅な笑みすら浮かんでおり、メイベルはそんなユージーンを窺いながら、嫌な汗をかくのであった。

◆

こうして、アマネによる『メイベル陥落作戦』が始まった。

まったく穏やかでない対面が終わった翌日。メイベルが朝の掃除をしようと一階に降りたところで、突然玄関の扉が開いた。

そこには見たこともない商人や、そのお付きたちがずらりと並んでいる。

「……え？」

なにごと、とメイベルが驚く暇もなく、彼らは応接室に次々と衣装箱を運び込んでいく。一団の中にはセロの姿もあり、彼はメイベルを見つけると苦々しく笑った。

「おはよう、メイベル……」

「セロ！　どうしたの、こんなに朝早く。それにこの荷物……」

「えーと、それは……」

ぐったりしているセロが言葉を続ける前に、背後から快活なアマネの声が飛んできた。

「いい朝だな、メイベル！」

「アマネ殿下⁉」

「殿下とは他人行儀だな。アマネでいいぞ！」

「で、ではアマネさんで――ではなくて、どうしてこんな早くから……」

「近くの村に宿を取った。ちょうどいい、いますぐこっちに来い！」

「ええええ……」

本来であれば国賓として王城に宿泊するものだが、どうやらここまでの距離を鑑みて、付近の村に長期滞在することを決めたらしい。

半ば強引に応接室に連れていかれたメイベルは、目の前の光景に思わず頭を抱えた。

部屋の中に広がっていたのは、十や二十をとうに越すドレスの山々。

精緻な白のレースをあしらった薄黄のアフタヌーンドレスや、肩を出すように作られた濃紺のイヴニングドレス。真珠が波打つように配置されたマーメイドラインのドレスなど。

さらにはキィサの民族衣装なのだろう、色鮮やかな絹糸が何層にも織り込まれた一枚の布を、これもまた輝くばかりの銀糸で編んだ帯で縛るという装いもあった。

アマネの従者らしき人々が、素晴らしい衣装をあれこれと並べていく姿はまるで魔術のようで、年頃の女性であれば誰もがうっとりするほどの壮観さだ。

だがメイベルは、はっと目を覚ましたかのように振り返った。

「こ、これはいったい何なんですか⁉」

「いやなに、ちょっとした贈り物だ。出会った記念のな」

開いた口が塞がらないメイベルに、アマネはさらりと答える。

その間も美しいドレスはところ狭しと増えていき、応接室内を埋め尽くさん勢いだ。

「さあ！　好きなものを好きなだけ着るがいい！」

「と、言われましても……」

「オレとしては、この薄青のオーガンジーを使ったイヴニングドレスか、黒のチュールレースをあしらった深紅のドレスがお前に似合うと思うが」

そう言いながらアマネが手にしたドレスは、透けるように光を弾《はじ》く、非常に柔らかい絹地で出来ていた。イクスでは見たことも無いような逸品だ。さすが商業大国というだけあって、こちらの大陸ではまだ流通していない生地や織物《おりもの》などが、数多く存在するのだろう。

物珍しさに思わずドレスを手にしたメイベルだったが、違う違うと慌てて首を振った。

「い、いただけません、こんな高価なもの」

「どうしてだ？　オレの婚約者になるのだから、これくらい当然だろう」

「だから、なりませんって！　大体こんなドレスじゃ掃除も料理も出来ないですし」

「そんなもの、使用人にさせればいいだろう？」

何が問題だ？　と言わんばかりのアマネを見て、メイベルは「たしかに王族なら仕方ない反応よね」と心の中で呟《つぶや》いた。そもそもメイドも入れず、家事をしている方が珍しいのだ。

「私は自分でしたいんです。この部屋も掃除したいので、片付けてもらえませんか？」

「しかし――」

なおも粘ろうとするアマネだったが、突然バァンと開け放たれたドアの音に、その場にいた全員が飛び上がった。

次の瞬間、目の前にいたアマネが突然ふわりと浮かび上がったかと思うと、開いたドアに向かって運ばれていく。

「な、なんだ、これは！」

（も、もしかして……）

驚くメイベルをよそに、彼の従者たちも一斉に浮遊したかと思うと、主《あるじ》であるアマネに続き一列になって飛んで行った。ちなみにセロも最後尾に浮いていた。

あちこちに広げられていたドレスも、まるでそれ自体が意思を持っているかのように衣装箱へと殺到し、一杯になったものから順にぱたん、ぱたんと蓋が閉まっていく。準備が整ったものからすいすいと部屋の中を通り抜けたかと思うと、そのままアマネたちを追いかけて森の方に行ってしまった。

（すごい……）

怒濤《どとう》の光景にメイベルは言葉を失う。

すると一連の異変の犯人――ユージーンが扉の向こうから姿を見せた。

「朝から何なんだ。あいつは」

「あ、ありがとうございます……」

あははと乾いた笑いを浮かべていたメイベルは「怪我《けが》をしてないといいな……」と応接室の窓からぼんやりと空を見つめていた。

だがアマネはそう簡単に諦める男ではなかった。

ドレスと共に送り返された翌日。

二階の廊下で窓拭きをしていたメイベルは、階下がにわかに騒がしくなったのに気づき、慌ててそちらに向かう。すると床一面に、今度は大量の切り花が撒《ま》き散らかされていた。

その量は途方もなく、一階の応接室はおろかホールや倉庫まで埋め尽くしそうな勢いだ。イクスの国民全員に配り歩いたって余るかもしれない。

「こ、これって……」

「ああメイベル、昨日ぶりだな！」

（やっぱりー！）

案の定、玄関からアマネと、ついでに昨日よりも疲弊しているセロが姿を見せた。

怪我がなかったことにほっとしつつ、すぐにアマネに言及する。

「こんなにばらまいて……いったいどうするんですか！」

「女性は皆、花が好きなものだろう。溢れんばかりのオレの思いとして、どうか受け取ってもらえまいか」

快活な笑みを浮かべたアマネは、派手な深紅の一輪をメイベルの鼻先へと差し出した。

彼の情熱的な心を映し出したかのような花を前に、メイベルは眉根を寄せる。

「お花はたしかに好きです。でもこれは、あまりに可哀《かわい》そうじゃないですか」

「可哀そう？　花がか？」

「摘み取らなければ、もう少し長く生きていられたはずです。それなのにこんな……」

切られた花の美しさには限界がある。

必要な量だけにとどめておけば、もっと長い時間、他の人の目を楽しませることが出来たはず、とメイベルは床に転がっているそれらを一輪一輪丁寧に拾い上げた。

その姿を目にしたアマネは、不思議そうに首をかしげる。

「花は花だ。この一瞬が美しければ良い。オレはただ、お前が喜ぶと思って……」

「こんな乱暴なやり方は嫌いです」

「……………」

アマネは口を引き結び、それ以上の言葉を呑《の》み込《こ》んだ。

怒るかしら、と半ば諦めていたメイベルだったが、予想に反してアマネはその場にしゃがみこむと、メイベルに倣って自ら花を集め始めた。

その態度に、メイベルは少しだけ意外な印象を抱く。

（言えば、ちゃんと分かってくれる部分もあるのね……）

だが昨日と同様、玄関の扉が突然けたたましい音を立てて開いた。

身構える間もなく、アマネと従者御一行は全員外へと運び出されて行く。気のせいか、昨日より遠くに飛ばされているようだが——配送先はイクスのお城だろうか。

メイベルはもはや驚くこともなく、階段の踊り場を見上げた。

「ユージーン」

「しつこい奴《やつ》だな。おまけになんだこれは」

一階に下りて来たユージーンは、メイベルが拾い上げていた花をひょいと手に取った。

アマネが見せたものよりずっと小ぶりで、目立たない白い花だったが、ユージーンは珍しいものを見るかのようにそれを指先で転がす。

「アマネさんが持って来たんですけど……。このままじゃ、すぐダメになってしまいます」

「花はそういうものだろう」

「でも、花に罪はないのに……」

しゅんとするメイベルを前に、ユージーンははあと深いため息をついた。

軽く右手を掲げると、その動きに合わせて床に落ちていた花たちがざわりと波立つ。

「……永遠というわけにはいかないが、僕の魔術でしばらくなら永らえさせてやる。外の氷室《ひむろ》を拡大しておくから、好きな時に欲しい分だけ取りに行け」

ユージーンの言葉に従うかのように、紅や黄、橙《だいだい》といった鮮やかな色の花々が、窓を通って魚群のように館外へと泳いでいく。あっという間に元通りになった玄関ホールで、メイベルは嬉《うれ》しそうにユージーンを振り返った。

「ありがとう！　どうしようかと思っていたの……」

すぐに駆け寄り、彼の両手を握り締める。

今度はユージーンの方が言葉を失う番だった。

「――ッ、……こんなことくらい、いつでも言え」

その光景を――今日は何故か置いていかれたセロが、一人ぼんやりと眺めていた。

（……仮面魔術師って、意外と人間らしいとこあるんだな……）

こうして二度の失敗を経て、さすがにもう来ないのではないかと思われていたアマネ。

だがキィサには、『二度あることは三度ある』という言葉があるらしい。

それを体現するかのように、アマネは三日目も懲りずにユージーンの館へとやって来た。

「メイベル、そろそろ鞍替《くらが》えする気になったか？」

「どこをどうしたらそんな発想に行きつくんです……」

昼下がりのゆったりとした時間。

メイベルは応接室のソファに座り、アマネと向き合っていた。

やがて彼が深々と頭を下げる。

「昨日は配慮が足らず申し訳なかった」

「い、いえ！　分かっていただければ、私はそれで」

「だから今日は生花ではなく、宝飾品を用意したぞ！」

「…………」

昨日わずかに見せた殊勝な態度はどこへやら。

アマネがぱちんと指を鳴らすと、壁際に控えていた従者の一人が進み出て、美しい銀細工の箱をテーブルの上に置いた。

中には布張りの台座があり、金や銀、白金で出来たシンプルなリングから、エメラルドやルビーといった大粒の宝石がついたものまで、目がちかちかとするような豪勢な指輪が並んでいる。

（すごい……）

メイベルが瞬いていると、さらにもう一人の従者が別の箱を取り出した。

こちらには五十を超えるダイヤモンドをあしらった豪奢《ごうしゃ》なネックレスや、涙形にカットされた大粒アクアマリンのイヤリング。瑪瑙《めのう》に女神の横顔を彫り込んだ髪飾りに、五色の異なる貴石がはめ込まれたブレスレットなど、ご婦人方が見たら一斉に黄色い声を上げそうな品揃《ぞろ》えだ。

もちろんメイベルも嫌いなわけではない。

魔性の美貌と名高い三女・キャスリーン宛てに連日送られてくる宝石の数々を見て、羨ましいと思うことも多々あった。

だがメイベルは膝の上に置いていた手を固く握りしめると、ふるふると首を振る。

「ごめんなさい、いただけません」

「どうしてだ？　派手なものが好みでなければこちらの――」

「私はあなたの婚約者ではありませんし、今後そうなるつもりもないからです」

「ふっ、そのことか。なに、婚約はまた別にゆっくり考えてくれればいい。今はただ、贈り物として受け取ってくれるだけで十分だ。気に入らなければ売り飛ばしてもいいぞ」

「……これはキィサの方々が働いて、その税金で得た品物のはずです。このような形で使われることは本意ではないと思います」

メイベルも王族という立場上、国民からの税で暮らしている部分がほとんどだ。

もちろん国の代表として保つべき水準は高いが、あまりに過度な浪費や贅沢《ぜいたく》などはしないよう教育されている。途方もない豪遊や私的な無駄遣いは、王族といえども批判の対象となることがままあるのだ。

もちろんアマネの暮らすキィサが、イクス王国と同じ状態であるとは考えにくい。

だがメイベルは自分の信条を鑑みても、彼のやり方を受け入れられなかった。

「まあ……そうだな」

「アマネさんが独力で得たものであればともかく、国《キィサ》のお金を使って高価な贈り物をするのはやめていただきたいんです。私も……受け取れませんし」

「…………」

アマネもようやく、メイベルの言わんとすることを理解したのだろう。彼が右手を軽く掲げると、従者たちはそれぞれ宝石箱をそっと手元に回収した。

「これもダメ、か……。なあメイベル。そろそろ教えてくれないか？」

「何がですか？」

「ドレスは着ない、花もいらない、宝石にも興味がない……。今までの女はこれだけやれば、すぐにでもオレの元に来た。後はいったい何をすればいい？」

「……逆に疑問なのですが、どうしてここまでしてくださるんですか？　アマネさんとはこの前会ったばかりですし、正直ここまでされる理由が分かりません」

「それはもちろん、婚約のためだろう」

「本当に――それだけなんですか？」

メイベルの真《ま》っ直《す》ぐな視線を、アマネはしばらく正面から受け止めていた。

やがて参ったというかのように両手を上げ、投げ出していた長い足をどかりと組む。

「……婚約というのは建前で、我がキィサはこれを機に、こちらの大陸で交易を始めたいと思っている。これはその最初の足掛かりだ」

「………」

海を挟んだ大陸ということもあり、キィサからの輸入品はいまだ高い関税がかけられ、検査が義務付けられている。そのため手始めにイクスと同盟を結び、二国間で自由な貿易を開始させるのが狙いだとアマネは語った。

一度市場を得てしまえば、後は商業大国キィサのこと。あの手この手で一気にこの大陸での販路を広げられる、という考えらしい。

「しかしこちらの大陸はお堅いのか、イズミやヒ・タといった他の国にはなかなか縁談を受けてもらえなくてな。そこにお前《イクス》の話が舞い込んだ。まあ少し時期を図っていたら、まんまとトンビに攫《さら》われたが」

「トンビ？」

「ああ、こちらではそう言わないのか。とにかく、邪魔が入ったということだ」

はっはと笑うアマネを前に、メイベルは困惑したように息をついた。

「事情は分かりました。ですがやはり私では、お役には立てないと思います」

「何故だ？」

「この大陸において、イクスはさほど権威のある国でも、交易力を持つ国でもありません。ましてや私は五人姉妹の末姫で、国の政《まつりごと》や外交にも大した影響力はないからです」

「………」

「それに王族とはいえ……好きでもない――好きになるつもりもない相手と、ただ国のために結婚を望むのは……その……」

「健全ではない、と?」

「う……」

にやりと笑うアマネを前に、メイベルは口ごもった。

アマネの言い分はある意味正しい。

王族の結婚は国家の繁栄のために結ばれるもので、メイベルも理解しているつもりだった。

しかしいざ本当に話が決まった時――メイベルはそれを受け入れられず、国のやり方を無視してでも、婚約を解消してもらおうとした過去がある。

(だってあのまま言いなりになっていたら、きっと私は……)

王族であっても一人の人間である以上、本心や意志は間違いなく存在する。

それはもちろん自分だけではなく、相手にも言えることだ。

「決められた婚約だからといって、最初から完全に国のためだと割り切ってしまえば、互いの気持ちの距離が縮まるはずがありません。そんな結婚……私はとても、不幸だと思います」

「………」

そんなメイベルを眺めながら、アマネはどさりとソファのひじ掛けに寄りかかった。

手の甲に顎を乗せたかと思うと、はっ、と鼻で笑う。

「理解出来んな」

「アマネさん……」

「オレたちの国では結果がすべてだ。そこに私情や憐《あわ》れみを入れる余地はない。実際、この婚姻を結ぶことが出来なければ、オレはキィサ王族としての地位を追われる可能性だってある」

「ど、どういうことですか？」

「数が多いんだ、うちは。オレは第八王子だが、男も女も上にも下にも、わんさか王の系譜が存在する。国に奉仕する機会が与えられるのは、どいつも一生に一度あるかないかだ」

キィサは一夫多妻が普通で、王ともなると相当数の側室を有する。

当然生まれてくる子どもの数も多く、世継ぎに困ることはないが、逆に誰を後継者とするかの戦いや謀略が絶えない、とアマネは淡々と語った。

「処分されなければ御《おん》の字《じ》だな。まあオレがダメだったとしても、また他の王子なりが出てくるだけだ」

「そんな扱い、ひどすぎます……」

「……王にとって、オレたちは遊戯盤の駒と変わらないのさ。なら使い捨てられるより、生き残ろうとする方が、まだ人間味があるというものだろう？」

そう言うとアマネは、いつもの挑戦的な笑みを浮かべた。

「というわけで、オレはお前を諦める気はない。また明日も来るからな」

「え⁉　こ、困ります！　何度来られても私は――」

だがメイベルの断りを待たずして、アマネは供の者を連れてさっさと応接室から出て行った。

（自分のことを、遊戯盤の駒だなんて……）

アマネの発した言葉を繰り返しながら、メイベルは続く思いをぐっと呑み込むのだった。

◆

その日の夜。

メイベルは廊下の奥にあるユージーンの部屋へと向かった。

「ユージーンさん、ごめんなさい。今大丈夫ですか？」

「ああ」

許しを得て奥の部屋に入ると、ユージーンは読んでいた本をぱたんと閉じた。

メイベルは向かいにあった長椅子に腰を下ろす。

「お勉強ですか？」

「少し……調べものだ」

卓上灯に照らされているせいだろう、ユージーンの金色の瞳は淡いオレンジに色づいていた。仮面は外しており、その素顔は相変わらず絶世の美しさである。

メイベルは顔が熱くなるのを感じながら、静かに口を開いた。

「今日、アマネさんと話をしました。……明日も来ると言ってましたけど」

「懲りない奴だな」

「ただその……話していて、思い出したんです。王族の結婚がどういうものだったのか……。私はユージーンさんと会えて……本当に、運が良かったんだなって……」

「………」

メイベルは奇跡のような偶然でユージーンと出会えた。

だがアマネ――キィサの王族が持つ覚悟と比べると、その努力は生易しいものだったと思い知らされる。

すっかり落ち込んでしまったメイベルを、ユージーンはしばらく見つめていた。やがて静かに立ち上がると、メイベルの隣にぎしりと腰を下ろす。

「幸運だけじゃない。お前自身が頑張ったからだ」

「そう、でしょうか……」

「お前でなければ、僕は好きにならなかった。自信を持て」

「は、はい……」

ユージーンの腕が、そっとメイベルの腰に回される。正式な婚約者になってからというもの、少しずつこうした触れ合いが増えてきた――が、慣れないメイベルは、いつもすぐ緊張してしまう。

その場も誤魔化すように、「そういえば」と慌てて話を切り出した。

「あの、もうすぐ、花の祭典《シャン・ド・フルール》というものがありまして」

「花の祭典《シャン・ド・フルール》？」

「良かったら、ユージーンさんと行きたいな、なんて……。ガートルードお姉様も、一度お礼がしたいと言っていましたし」

そろそろと窺うメイベルを、ユージーンはしばらく見つめていたが、やがてはあとため息を落とした。

「悪いが遠慮しておく。僕が出て行ったら騒ぎになるだろ」

「やっぱりそう、ですよね……」

「…………」

しゅんとなるメイベルに申し訳なく思ったのか、ユージーンは抱きしめている腕に力を込めた。

「そう落ち込むな。そういえば、結局宝石はもらわなかったのか？」

あいつから、と耳元で囁《ささや》かれ、メイベルは一瞬で真っ赤になる。

「み、見てたんですか⁉」

「なんとなくだけどな」

「そ、それなら、止めに来てくれても……」

「お前が欲しいのなら、止める理由もないかと思って」

「試してたんですか？　もらいませんよ！」

からかわれていると察したメイベルは、じたばたとユージーンの腕から逃れようとする。

その反応がまた面白かったのか、ユージーンは短く笑った。

「悪かった。お詫《わ》びに僕が用意してやる。何がいい？」

「何が……って」

「ネックレス、イヤリング……。宝飾品に詳しくはないが、そこは何とかしてやる」

これまでにない提案に、メイベルは一瞬で顔を綻《ほころ》ばせた。

(ユージーンからの贈り物……！)

アマネを前にした時は何一つ輝きを感じなかった宝飾品たちが、ユージーンからだと想像するだけで、一気に眩《まぶ》しいものへと様変わりする。

(何がいいかしら。出来れば、いつも身に着けていられるような……)

そこでふとメイベルの脳裏に、白いドレスに身を包んでいる自分の姿が思い浮かんだ。

場所は王城の最奥にある教会。

隣に立っているのは白い礼装姿のユージーンだ。

(いつか、結婚する時は――)

二人は向かい合い、ユージーンがメイベルの手を取る。

手袋を外し、あらわになった指に白金の指輪がぴたりと収まった。

そんな幻を描いていたメイベルは、うっかり「指輪……」と口にしてしまう。

「――指輪？」

だが現実のユージーンの声に、メイベルははっと夢想から覚めた。

婚約中とはいえ、式なんてまだまだ先の話だ。

「な、なんでもありません！」

途端に恥ずかしくなったメイベルは、すばやくユージーンの包囲から抜け出した。そのまま逃げるように「おやすみなさい！」と告げて部屋を後にする。

「指輪、か……」

残されたユージーンはそれを見て、愛《いと》しそうに微笑んだ。

◆

翌朝。

洗濯物を干そうと外に出たメイベルは頭を抱えた。

「本当に来た……」

「ああ、約束したからな！」

「というか、なんですかそのテント」

館の外に広がる緑の芝生。

その一角に豪壮な造りの天幕が張られていた。

近くの村に逗留《とうりゅう》していたはずだが、いよいよセロの働く商会から苦情でも出たのだろう。森を越えなくてもいいように、館のすぐ傍《そば》に居座ることを決めたようだ。

その証拠に、天幕は仮住まいを目的とした簡素なものではなく、立派な支柱に防水加工を施した特殊な厚布が掛けられている。厨房《ちゅうぼう》や別棟のようなものまであり、キィサの謎の技術力にメイベルは呆気に取られた。

一方アマネは、変わらずはっはと笑っている。

「どうやらお前は、金や物で釣られる女ではないらしいからな。であればもう、オレの良さを直接知ってもらうしかないと思った！」

「直接、って……」

「一緒に過ごす時間が長ければ、それだけお互いを理解できるだろう？」

「ここに住むってことですか⁉」

メイベルはいよいよ頭痛がしてきた。どう伝えたら帰ってもらえるのかと苦心していると、アマネの笑い声を聞きつけたユージーンが、空からばさりと下りてくる。

仮面で隠されているが、その顔にはおそらく過去最高の苛立《いらだ》ちが浮かんでいるだろう。

「僕の館の近くに、変なものを作るな……！」

「これだけ広い土地があって、何細かいことを言っている？　ああ、心が狭いのか」

「……っ！」

あちゃーとメイベルが目を閉じる傍ら、ユージーンは広げた手をアマネに向ける。

また飛ばされる、とメイベルは慌てて止めようとしたが、不思議なことにアマネは微動だにせず、平然と朗笑していた。

「……？」

「ふっ、残念だったな！　魔道具？　というそうだが」

アマネが服の中から引っ張り出したのは、大きな装飾がついた金属のペンダントだった。

ユージーンの魔術に、ついにアマネも手を打って来たのだろう。

「あのテントにも同じものを取り付けてある。諦めろ！」

にやっと口角を上げて勝ち誇るアマネを見て、ユージーンはふつふつと怒りをたぎらせているようだった。不安になったメイベルがちらっと視線を向けると、地の底を這《は》うような声で、ユージーンが苦々しく呟く。

「あの程度の魔道具、手加減なしなら余裕だが……。ヤっていいか？」

「……さすがにやめてください……」

ユージーンの短い舌打ちが聞こえた。

◆

その日から、三人の奇妙な同棲《どうせい》（？）生活が始まった。

「メイベル、何か手伝うことはあるか？」

夕方。

厨房で芋の皮剝《む》きをしていたメイベルの元に、アマネが顔をのぞかせる。

自分を知ってもらうという宣言通り、アマネは刷り込みされた雛鳥《ひなどり》よろしく、実にかいがいしくメイベルの周りをついて回った。

窓磨きをしていれば隣で手伝ったり、洗濯物を干していればロープを引っ張ったりと、意外と要領よくこなしている。

「アマネさん、あの、本当に何もしなくていいですから……」

「まあそういうな。オレがどれほど頼りがいのある男かを見せたいだけだ！」

相変わらず闊達《かったつ》な笑いを浮かべると、アマネはどかっと隣の丸椅子に座り込んだ。

「これを剝けばいいのか？」と芋を摑《つか》むと、小刀を片手にするすると皮を剝いていく。

（すごい……器用だわ）

するとタイミングが良いのか悪いのか、ユージーンも厨房に姿を現した。

アマネを発見した途端、ユージーンは心底不快そうに顔をしかめる。

「……なんでこいつがここにいる？」

「見ての通り夕飯の手伝いだが？　メイベル一人にさせるのは可哀そうだからな！」

ふふんと得意げに答えるアマネに、メイベルはだらだらと嫌な汗を流す。

だが意外なことにユージーンは嫌味を吐くでもなく、口を真一文字に引き結んだまま、しばらく何かを考えているようだった。

やがてメイベルを挟むように、アマネの反対側の椅子に座り込む。

「ユ、ユージーンさん……？」

「メイベル、刃物を貸してくれ」

恐る恐るメイベルが予備の包丁を渡すと、ユージーンはたどたどしい手つきで芋の皮剝きを始めた。世にも珍しいその光景に、メイベルはしばし自分の見ているものが信じられなかったが、どうやらユージーンなりに思うところがあったのだろう。

不器用ながらも寄り添おうとしてくれるその姿に、メイベルは思わず笑みを零す。

そこまではよかったのだが――

「おいなんだそれは、身が残っていないじゃないか！」

「うるさい。芽は毒なんだ、ちゃんと削って何が悪い」

「それじゃ食べるところがないだろうが。見ろオレの完璧な仕上がりを」

「…………」

メイベルの左右で、二人がぎゃいぎゃいと騒いでいる。

見ればユージーンの手には、原形がほぼ無くなった芋の欠片《かけら》が握られていた。

（うう、正直二人とも出て行ってほしい……）

ユージーンはしばらくアマネの持つ芋を睨《にら》みつけていたが、はあと息を零すと、手にしていた芋と包丁を調理台へ置いた。

諦めたのだろうか、とメイベルが首をかしげていると、ユージーンが何ごとかを短く詠唱する。するとと籠に入れられていた残りの芋たちが、ふわっと宙に浮かび上がった。

「えっ⁉」

驚くメイベルの目の前で、風の刃がすり抜けるかのようにするすると芋の皮が剝かれていく。

あっという間にすべて剝き終わり、籠の中は真っ白い中身で山積みになった。

「おい！　魔術を使うのはずるいぞ！」

「僕の力だ。どう使おうと自由だろ」

「……そういうことなら、オレにも考えがある！」

立ち上がったアマネは「おい！」と厨房の外に向けて声を上げた。すると廊下に控えていた彼の従者たちが、即座に駆け込んでくる。

「ここにある芋をすべて剝け。後《おく》れを取るな！」

はっ、と揃った号令と共に、何人もの成人男性が廊下に並び、一心不乱に芋の皮剝きを始めた。

次々と芋の身が調理台に積み上げられていき、その速度に焦ったユージーンが厨房の奥に置かれていた予備の芋を浮かせ――

「二人とも、やめてください！」

たまらずメイベルが立ち上がった。

珍しい大声に、ユージーンとアマネは思わず手を止める。

「いったいどれだけ剝くつもりなんですか⁉　そんなに食べられません！」

「あ」

ようやく気付いた二人に向けて、メイベルは「起立！」と叫んだ。

メイベルは立ち上がったユージーンとアマネの背中を押して、そのまま厨房から追い出すと、普段開いたままにしている扉をしっかりと締め切る。

鍵をかけた扉を背にしながら、メイベルは築かれた芋の山に眉根を寄せた。

「どうしよう……この量……」

はあ、とため息を零すと、ようやくメイベルは今日の夕食づくりに取りかかった。


その日の夕食は、芋にひき肉を混ぜて揚げたものにマッシュポテト、芋とベーコンのキッシュにポテトサラダと、何から何まで芋料理だった。

食事の時も、ユージーンとアマネが共に現れたかと思うとあれそれと口喧嘩《くちげんか》を始めるので、メイベルは「静かにしないとご飯抜きです」と説教する羽目になった。

またあまりに大量に出来てしまったため、庭の天幕で待機しているアマネの従者たちにも差し入れしたところ、ありがとうございますと丁寧な感謝をいただいてしまった。

メイベルは複雑な気持ちで一階にある応接室に戻る。

（つ、疲れた……！）

ソファに埋もれるように座りこんだメイベルだったが、よしと気合を入れなおすとすぐに体を起こした。

裁縫箱と木の刺繍《ししゅう》枠に挟んだハンカチを取り出し、ちくちくと針を進めていると、再びアマネがひょっこりと様子を窺いに来る。

「メイベル、今度は何をしているんだ？」

「ええと、来月にある花の祭典《シャン・ド・フルール》に向けて、ハンカチの刺繍をしているんです」

「花の祭典《シャン・ド・フルール》？」

そう言いながらアマネはメイベルの隣に腰かけた。

そのまま刺繍箱の中に入っていた、新品のハンカチと赤い刺繍糸を手に取る。

「借りるぞ」

「え？　あ、はい！」

小さな針を器用に繰っていくアマネの姿に、メイベルは少しだけ驚いていた。

だが初めて握ったような危なげさはなく、すいすいと花の模様を縫いとっていく。

ぽかんとするメイベルをよそに、アマネは穏やかに口を開いた。

「花の祭典《シャン・ド・フルール》というのは、どんな祭りなんだ？」

「え？　ええと、春の訪れを祝うんです。寒い冬が終わって、暖かい季節が来たよって。今作っているのも、その日に孤児院のバザーで売ってもらうためのもので」

「なるほどな」

「あとは……お祭りの朝に、紙で出来たお花を街中にばらまくんです。それを髪や胸に挿して歩くから『花の祭典《シャン・ド・フルール》』と呼ばれています」

「ほう面白いな。しかし何故造花なんだ？　本物の花ですればよかろうに」

「せ、生花を揃えるのは高いですから……」

苦笑するメイベルに対し、アマネは本気で疑問視しているのか、しきりに首をかしげていた。

やがてメイベルが刺繍を完成させたのとほぼ同時に、アマネも針を置く。

刺繍なんて出来るのだろうか、と疑いの目で見ていたメイベルだったが、なかなかどうして見事な作品が完成していた。

「アマネさん、器用なんですね。なんだか意外でした」

「このオレに出来んことなどない」

相変わらず尊大なアマネだが、ふと口元を緩めると「昔はよくしていたからな」と呟く。

「王子とはいえ、しょせんは八番目だ。継承権のない幼い頃など、そこらの庶民と変わりない。使用人も付けてもらえず、自分で衣服を繕《つくろ》ったこともあったぞ」

「す、すごいですね……」

「お前も大して変わらないんじゃないのか？」

え、とメイベルは目を丸くした。

「料理に洗濯、掃除……オレの知る姫君たちとは随分と違うようだが？」

「あ、そ、そうですね……」

えへへ、とメイベルは照れたように笑う。

「……私はずっと、姉たちに比べて何のとりえもないと言われてきました。だから、少しでも役に立ちたくて、自然とこういう仕事をするようになったんです」

「比べられて、不満に思わなかったのか？」

「昔はもちろん嫌でした。でも姉たちは優しいし、私もみんなが大好きなので」

それに今のメイベルは、自分自身にも特別な『魔術』があると知っている。美しい顔でも強い力でもないが、ユージーンとともに居るためには何より必要なものだ。

そう言って微笑むメイベルを、アマネは静かに見つめていた。やがてぼそりと「お前は強いな」と口にする。

「……オレは未《いま》だに、兄たちが怖いよ」

「お兄様、ですか？」

「ああ。オレなんかより、数段上の化け物のような人たちだ。正直あの人たちが出てきたら、オレは何一つ対抗出来ない」

そんなに怖いっていったい……と息を呑むメイベルをよそに、アマネがほいとハンカチを差し出した。白い生地に大輪の赤い花が堂々と咲き誇っている。初めて見る刺繍だ。キィサ独自の模様だろう。

「あ、ありがとうございます……」

「服も宝石もいらんというのに、これなら受け取るんだな」

「そ、それは……せっかく作ってくださったので……」

ふっ、とアマネが破顔した。その表情は今まで見せたどれよりも優しくて――もしかしたら彼は元々、ごく素朴な性格をしているのかもしれない、とメイベルは想像する。

そんなメイベルの隣で、アマネはなおも言葉を続けた。

「なあメイベル。オレたちは互いに理解できる気がしないか？」

「な、何がですか？」

「オレたちは似ている。優秀な上がいて、それでも自分がすべきことをこなして――ようやくここまで来た」

「………………」

美しい橙色の瞳に見つめられ、メイベルは思わず顔を伏せる。

少し距離を置こうと離れると、アマネも同じだけ幅を詰めてきた。

「金も宝石も断るのに、こんな素人の刺繍は嬉しそうに受け取る……その態度も実に好ましい。国の命だと思っていたが、気が変わった。オレは純粋に、お前に興味が出てきたぞ」

「出なくていいです！　ほんとに！」

「八番目とはいえ王族だ。不自由はさせんぞ」

「話聞いてくれます⁉」

思わず叫んだメイベルを無視して、アマネはははっと口を開けて笑った。

本気なのか、からかっているのか……と眉をひそめるメイベルに対し、アマネは目を眇《すが》める。

「それにオレは――人間だ」

「……？」

「少し調べたが……魔術師というのは、随分と長命なんだろう？」

途端に場の空気が変わった。

メイベルが口をつぐんでいると、アマネが穏やかな口調で話し続ける。

「百か、二百か、それ以上か……。いずれにせよ、お前が年をとっても、あいつはあの姿のまま変わらないわけだ」

「それは……」

「老いていくお前に愛想を尽かして、他の女を愛するかもしれない。それに耐えられるのか？」

「………」

アマネの言葉に、メイベルは何も言い返すことが出来なかった。

何故ならそれは――メイベル自身も、ずっと気になっていたことだったからだ。

（私がおばあちゃんになっても、ユージーンさんはきっと今のまま……。その時も、今みたいに好きだと思ってもらえるかは分からない……）

それでも。

それでもユージーンなら、という気持ちをメイベルは信じたかった。

「……正直、自信はありません。でも私は、ユージーンさんが好きだから……。分からない未来に怯《おび》えて、今を捨てる気持ちにはなれないんです」

「……そうか」

また振られたか、と苦笑しながら、アマネはようやくソファから立ち上がった。

ほっと安堵《あんど》するメイベルの方を振り返ると、きらりと白い歯をのぞかせる。

「今日のところは諦めよう。だがまた口説きに来るからな！」

「だから、いらないですって！」

真っ赤になったメイベルに向かって、アマネはひらひらと手を振りながら部屋を後にした。

一人残されたメイベルは、アマネが作り上げたハンカチを両手で握りしめながら、ぐぬぬと複雑な表情を浮かべる。

だがやがて静かに視線を落とした。

（本当に、耐えられるのかしら……）

彼の華やかな性格を映し出したかのような、派手な刺繍。

だが一針一針とても丁寧に縫われており、腕に覚えがあるという言葉に偽りはなさそうだ。

（……きっと、悪い人ではないのね……）

メイベルは静かに、そのハンカチを折り畳んだ。

◆

「…………」

ユージーンは一人、沈黙していた。

夜、アマネがメイベルに変なことをしていないか不安になり、一階へ降りてきたところで、応接室にいる二人を発見した。

苛立ちながら足を向けかけたのだが、そこで扉越しに二人の会話を聞いてしまい――しばらくその場から動けなくなっていたのだ。

アマネが応接室から出てくる前に、ユージーンは逃げるように階段を駆け上る。

『――魔術師というのは、随分と長命なんだろう？』

「……っ」

アマネの言葉を振り払うように、ユージーンは長い廊下を急《せ》くように歩く。ようやくたどり着いた自室の扉を締め切ると、一直線に机に向かい、閉じていた分厚い本を乱暴に開いた。

次々にページを繰るも、ユージーンはすぐに唇を噛《か》みしめる。

（……違う、これには無かった……もっと他の文献を探さないと……）

本を閉じ、隙間なく並べられた巨大な本棚の前に向かう。

だがユージーンは、自身の求めている答えがこのどこにもないと理解していた。

（僕は、どうしたらいい……）

仮面ごと、手のひらで顔を覆う。

棺《ひつぎ》の新月でもないのに、逃げられない暗闇に囚われているかのようだった。

◆

その日から、ユージーンは何故か部屋に引きこもりがちになった。

以前のようにすべてを拒絶しているわけではないが、食事も自室でとると言うし、それ以外の時間も一切外に出てこない。メイベルが庭での昼食を提案した時も「少し調べたいことがある」と言ったきり、反応はなかった。

「ついにオレに恐れをなしたか」

「そんなはずありません！　というか、私の気持ちは変わりませんからね⁉」

最初は好都合だと笑っていたアマネだったが、張り合う相手がいなくなって寂しくなったのだろう。ことあるごとに「あいつはまだ籠《こも》っているのか？」と聞いてくるようになった。

メイベルももちろん心配で、日に何度も声をかけるのだが、いっこうに部屋から出てくる気配がない。

（なんだか昔に戻ったみたいだわ……）

だがあの頃とは違い、今はメイベルを嫌っての行為ではないはずだ。

きっと言葉通り、本当に急ぎの調べ物があるのだろう、とメイベルは心を落ち着かせる。

そんなある日、セロが慌てた様子で館に飛び込んできた。

「メイベル、いるか？」

「セロ、どうしたの？　そんなに慌てて」

「火急の件だ。キャスリーン様が、すぐに城に戻って来てほしいと」

「お姉様が⁉」

何かあったのだろうか、とメイベルは焦る。

すぐさまユージーンの部屋に向かうと、せわしくノックした。

「ユージーンさん、あの、王城に呼ばれたので少し出てきます！　用事が終わったらすぐに戻りますから」

「……ああ」

小さくだが、確かに返ってきた言葉にメイベルはほっとする。

一応アマネの姿も探したが、どうしたことかこちらは今朝から見当たらない。

仕方がない、とメイベルはセロと連れ立って急ぎ王都へと出発した。

（キャスリーンお姉様……いったい何が……）

◆

だが到着したメイベルを待っていたのは、愛らしい困り眉のキャスリーンとずらりと並べられたドレスたちだった。

「お姉様……？　私は緊急の用があると聞いて、飛んできたのですが……」

「そうなの！　実は明日、急に舞踏会が決まってしまって……。でもいったいどのドレスがいちばん良いのか迷ってしまって」

「着るものくらい、お好きに選んだらいいのでは⁉」

メイベルが強気に応じるのも無理はなかった。血相変えたセロから呼ばれて駆けつけたのに、当の用事というのがキャスリーンの衣装選びだったからだ。

「だめよ！　明日はその……同伴にゲオルグ様がいらっしゃるの！　だから……」

「分かります！　その気持ちは分かりますけども‼」

「ごめんなさい……。それにその、最近メイベルと全然会えていなかったから……。少しでいいから顔が見たくて……」

（うっ……）

キャスリーンの瞳がみるみる潤み出し、いまにもはらはらと泣き出しそうな勢いだ。

魔術は効かないメイベルだったが、美しい姉の涙には逆らえない。おまけに『会いたかった』という殺し文句まで聞かされては、無下に扱うことも出来なかった。

「……わざわざ用事を作らなくても、手紙をくれればいつでも会いに帰りますから。……とりあえず、この緑のドレスに白のハイヒールで合わせてみましょうか」

メイベルのその言葉に、キャスリーンは薔薇《ばら》が綻ぶように微笑んだ。

こうしてキャスリーンの衣装合わせに付き合い、ようやく納得のいく組み合わせが決まったあたりで、メイベルはようやく解放された。

やれやれと言いながらも満足感に満たされていたメイベルだったが、姉の部屋から出てすぐのところで、一人の男性に呼び止められる。

「――失礼いたします、メイベル様。少しお時間よろしいでしょうか」

「……？」

連れて来られたのは王城の一角にある応接室だった。

導かれるままメイベルが部屋に入ると、奥に控えていた初老の男性が頭を下げる。

「どうぞ、おかけください」

ソファを勧められたものの、そのただならぬ雰囲気にメイベルは知らず警戒を強める。

恐る恐る腰を下ろすと、初老の男性もメイベルの向かいに座り込んだ。

その白髪交じりの見た目を前に、メイベルは記憶を探る。

(たしか議長をしていた方よね……)

議会には王佐、王佐補、議長という序列があるが、トラヴィスの失脚後、王佐補のリードーが昇格したため、現時点で二番手に相当する権力者である。

そんな彼が、メイベルにいったい何の用があるというのだろうか。

「お引止めして申し訳ございません。ですが正直にお伝えしても、城へお戻りいただけないと思い、キャスリーン様のお名前を使わせていただきました」

議長の謝罪に、メイベルは一層疑惑を強める。

キャスリーンはあくまでも仮の理由。

メイベルをここまで呼び出したかったのは、どうやら彼の方だったようだ。

「最近、アマネ様と一緒に暮らしておられるそうですね」

「一緒にというか、庭に住んでるだけというか……」

「仲がよろしくて安心いたしました。他大陸の方ではありますが人柄的にも明るい方ですし、メイベル様と並んでもなんら遜色のない家柄です。お相手といたしまして、申し分なく――」

アマネへの称賛を流れるように口にする議長に、メイベルは眉根を寄せる。

「……ところで、私は何の用事で呼ばれたのでしょうか。まさか、アマネさんのことを聞きたいだけではありませんよね？」

するとメイベルの苛立ちを感じ取ったのか、議長はごほんと咳ばらいをした。

「失礼いたしました、単刀直入に申し上げます。メイベル様――どうか、婚約を解消していただけないでしょうか？」

は？　と口にしたいのをなんとか堪え、メイベルは怪訝《けげん》な表情をあらわにした。

「婚約解消って……。アマネさんとの話なら、断るように既に伝えていますよね？」

「そちらではありません。仮面魔術師殿との婚約です」

「……は？」

言ってしまった、とメイベルが言葉を呑み込む。

するとと、ようやく本題を切り出すことが出来たとばかりに、議長が話を進め始めた。

「先頃のウィスキ侵攻からこの国を守っていただいたことには、国民一同、心より感謝しております。ですが、それとこれとは話が違うのです」

「話が違うって……。でもユージーンとの婚約は、お父様からも認められたことで」

「たしかにあの場では、国を救った英雄を前にして、陛下にご一考を促すなどとても出来ませんでした。ですがそもそもユージーン様との縁談は、一部の貴族と逆臣・トラヴィスの謀略から始まった、いわば特例中の特例です」

「それは……そうですけど」

「常識的に考えてみてください。相手は『魔術師』ですよ！　寿命も、持っている力も、我々とは何もかも違う、人ではない存在なんです!!　そんな恐ろしい相手とイクスの王族が一緒になるなんて、建国史上聞いたことがございません」

「た、たしかにユージーンさんはとても長生きで、すごい力もあるわ。だけど、私たちと何も変わらない。風邪だってひくし、熱だって出る。傷だって負うのよ!?」

「庇《かば》いたいお気持ちは分かります。ですがこれは、メイベル様ご自身のためでもあるのです」

「私のため……？」

「先ほども申し上げた通り、我々人と魔術師では、生きていける年月が違いすぎます。逆に言えばメイベル様の存在が、魔術師殿の自由を奪ってしまう可能性だってあるのですよ」

「私が、ユージーンの……？」

その言葉にメイベルは目を見開いた。

「メイベル様が亡くなった後、魔術師殿はどうなりますか？　誰か他の相手を探せと言えますか？　その時になって『失敗だった』と後悔しても遅いのです。大体イクスの民たちが何と言っているかご存じですか？　皆メイベル様のことを――」

「ぎ、議長!!　それはちょっと……」

最後の言葉は、壁際に立っていた部下によって制される。

議長は「失礼」と短く空咳すると、再びメイベルの目を正面から捉えた。

「以上が、今日お呼び立てした用件です。ご理解いただけましたら、メイベル様から魔術師殿にお伝え願えますか」

「そんな……」

「つらいお気持ちは分かります。もしもメイベル様から言い出せないようでしたら、我々から伝えることも出来ましょう。ただ、忘れないでいただきたい。お二人の幸せを考えれば、これが最善の方法なのだと――」

そう言い残して議長とその部下は部屋をあとにした。

一人残されたメイベルの目には零れる寸前まで涙が張り詰めており、瞬《まばた》きをするとたちまち一筋の雫《しずく》となって頬を伝う。

（そんなこと、私だって……分かってる……）

次の涙が落ちる前に、ぐいと手の甲で眦《まなじり》を拭う。

悔しい。

どうして自分たちが、ここまで言われなければならないのか。

（帰ろう……）

早くユージーンに会いたい、とメイベルは逃げ出すようにその部屋を出た。渡り廊下を足早に歩きながら、玄関ホールへと向かう。

すると曲がり角で、向こうから来た誰かと鉢合わせしてしまった。

「おっと」

「……！」

幸い直前で気付いたので、正面からぶつかることはなかった。

しかし驚かせてしまったと、メイベルは慌てて謝罪する。

「――っ、ご、ごめんなさい！」

そこにいたのは綺麗《きれい》な顔をした青年だった。

肌はよく日に焼けており、長い髪は綺麗な銀色。三つ編みにして片方にまとめている。

「私もうっかりしておりましたので。お怪我は？」

「い、いえ、大丈夫です……」

すると青年が、おやと小首をかしげた。

「失礼――もしかして、泣いておられましたか？」

「え？」

青年はそう言うと、そっとメイベルの頰に手を伸ばしてきた。

その瞳は海のような深い青色をしており、メイベルは思わず目を奪われてしまう。

だがすぐに体を離すと、ふるふると首を振った。

「き、気のせいです！　し、失礼します！」

なんとかそれだけを伝えると、メイベルは脱兎《だっと》のごとく王城をあとにする。

「……あれが末の姫か。なかなか可愛《かわい》いじゃないか」

青年はしばしその背を見つめていたが――やがて来賓用の棟へと歩いて行った。

◆

同時刻。

ユージーンの館を訪れていた王佐リードーが告げる。

「――婚約の話を、無かったことにしていただきたい」

「……………」

彼らが訪れたのは、メイベルがこの館を出てすぐのことだった。

まるで入れ替わるようなタイミングの良さに驚いていると、あなた様と話がしたい、そのためメイベル様には一時城にお戻りいただきました、と明かす。

「確かにあの場で陛下は『あなたをメイベル様の婚約者にする』と約束なさいました。ですが議会側は、この婚約を認めるべきではないという意見でまとまっています」

「……………」

「幸い、メイベル様には新しい婚約者の話もございます。……もちろん、ただ身を引いてくださいというわけではございません」

そう言うとリードーは、背後にいた部下に指示を出した。

ごとり、とテーブルの上に分厚い鞄《かばん》が置かれ、中から大量の金貨が現れる。

「足りなければお申しつけください。どうかこれで、話を収めていただきたいのです」

しかしユージーンは、それを軽蔑するように眺めた。

「必要ない。僕には何の価値もない」

「それでは……」

「婚約を解消するつもりはない」

仮面越しに鋭く睨みつけられ、リードーはぶるっと全身を震わせる。

だがここで臆してはならないと思ったのか、負けじとユージーンを説得にかかった。

「これはメイベル様のためでもあるのです」

「……どういう意味だ」

「今、市井《しせい》の人々からメイベル様が何と呼ばれているかご存じですか？　『国のため、魔術師の生贄《いけにえ》にされた可哀そうな末姫』……このように囁かれているのです」

深いため息をつくリードーを、ユージーンは瞬きもせずに見つめていた。

「ウィスキ侵攻で、我々はあなたに大いに助けられた。ですがその仔細《しさい》を知るものは、ほとんどおりません。多くの国民は、あなたがメイベル様との婚約を条件に、何らかの密約を交わしたのではないか、と噂している状態です」

「………………」

「もしもこのまま婚約を許してしまえば、魔術師に言いなりの、ふがいない議会として糾弾されるでしょう。そうなれば我々も――国の長たる国王陛下も盤石とはいかなくなる。何より民たちは

「……素性の分からないあなたを恐れている」

最後の一言に、ユージーンは何も言い返すことが出来なかった。

やがてリードーは視線をテーブルに落とし、静かな声色で口にする。

「魔術師殿は、我々とは違うのです。いくら愛していたとしても、人と同じにはなれますまい」

「………………」

「本当にメイベル様の幸せを思うのであれば、どうか――婚約を解消していただけませんか」

深々と頭を下げるリードーの姿をユージーンは黙視する。

そのまま、そっと睫毛《まつげ》を伏せた。

◆

ようやくユージーンの館に戻ってきたメイベルは、庭からアマネの天幕が無くなっていることに気づいた。あれだけ大勢いた従者たちの姿もなく、アマネ自身も見当たらない。

（アマネさん？　もしかしてお城に帰っちゃったのかしら）

しかしまずはユージーンに会おうと、メイベルは二階に上がり、彼の自室のドアを叩《たた》く。

部屋に入ると、いつもと変わらない様子でユージーンは机に向かっていた。

「ごめんなさい、遅くなって」

「……いや、気にするな」

「そういえば、アマネさんのテントが無くなっていたけど……」

「さっき王城から使者が来て、そちらに戻ると言っていた」

「そう、なんですね……」

そこでメイベルはふと、ユージーンが仮面を着けていることに気づいた。

普段、人が来ない自室では外していることが多いので、少し気になったものの——単なる偶然だろうと意識せずに話を続ける。

「そうそう、急ぎだからって飛んで行ったのに、結局キャスリーンお姉様の衣装選びだったの。セロにも迷惑だし、あんまり脅かさないでほしいわ」

「…………」

メイベルが頬を膨らませる姿を、ユージーンは無言で見つめていた。どことなく寂しそうに見えるその様子に、メイベルはわずかに不安を覚える。

だがユージーンはすぐに口元をほころばせると、メイベルに笑いかけた。

「それは大変だったな。用はそれだけだったのか？」

「う、うん……」

咄嗟《とっさ》に頷《うなず》いたメイベルだったが、議長から出された婚約解消の話が頭をよぎった。

ユージーンに余計な心配はかけたくない。

だがここで変に嘘《うそ》をついても、ユージーンには見破られてしまうかもしれない。

（なにより、隠し事はしたくないわ……）

メイベルは短く息を吐きだすと、決心して切り出した。

「……ごめんなさい、実はもう一つ話があったの」

「………」

「――婚約を解消しろって、言われたわ」

室内に沈黙が満ちる。

その空気に耐えられず、メイベルはすぐに否定した。

「もちろん、するつもりはないわ！　何とか説得しようと思ってる。けど……」

「何か、言われたのか」

言葉に詰まったメイベルを前に、ユージーンは静かに口を開いた。

その優しい声に、メイベルの目頭が熱くなる。

泣いては、ダメだ。

「……ううん。何も言われてないわ」

「……本当に？」

「………」

仮面の向こうから、ユージーンがメイベルを見つめている。

綺麗な金色の瞳。固く結ばれた唇。メイベルから見える表情はそれだけなのに、彼がどれだけメイベルを心配しているのかが、痛いほど分かった。

だからこそメイベルは、無理やりに笑って答える。

「ユージーンさん、もしも……もしも、私がいなくなったら……。また新しく好きな人を、見つけてくれますか？」

「……どういう意味だ」

「だって私は、ユージーンさんより、絶対先に死んでしまうから……。一人にさせてしまうのが、嫌で……。だからまた新しく、恋人を見つけてくれたら、寂しくないかなって……」

言いながら、メイベルは心臓がずきりと痛むのが分かった。

魔術を防いだ時とは違う。

本心と言葉が合致していないことに、体が悲鳴を上げているのだ。

（でも私のせいで、ユージーンさんを一人にし続けるのは……）

寿命が違うことも。

メイベルがいなくなった後、他の人と共に生きることも。

すべて受け入れる。

その覚悟をしなければ、この婚約は守れない――

「――好きな奴を見つけろと、他ならぬ、お前が言うのか」

聞こえてきたのは、絞り出すようなユージーンの声だった。

恐る恐る顔を上げたメイベルは、彼の顔を見て絶句する。

（いけない、私――）

辛《つら》そうに眇められた切れ長の目と、食いしばるような口元。その表情を目の当たりにしたメイベルは、慌てて否定する。

「ご、ごめんなさい！　違うの、そんなつもりじゃなくて」

「分かってる、僕だってずっと悩んでいた……本当にお前と婚約をして、よかったんだろうかと」

「それは、どういう……」

「僕とお前は同じじゃない。一緒にいても幸せにはなれない。それならいっそ、なかったことにした方が――」

「どうして……」

王城では押し留《とど》めることの出来た涙が、ついにとめどなく流れ始める。

だがユージーンはそんなメイベルを前にしても、決して訂正の言葉を口にすることはなかった。

メイベルはどうしたらいいか分からなくなり、その場から逃げるように走り出す。廊下、階段と足早に駆け下りていくが、ユージーンが追ってくる気配はなかった。

（どうして……どうして、急に、そんなこと……）

喉の奥が痛い。

悲しみで視界が歪《ゆが》む。

館の外に出たものの日はとうに暮れており、今から王城に戻るのは難しい状態だ。

こんな時間に、いったいどこに行けばいいのだろう。

（でも、ここにいたくない……！）

消えてしまいたい――と暗涙にむせびながらメイベルは静かに俯《うつむ》く。

すると上空から、聞き覚えのある声が降ってきた。

「メイベルちゃん？　まさか、こんな時間から出かけるの？」

「……ロウ、さん……」

顔を上げると赤い仮面を着けたロウの姿があり、メイベルは涙声でその名を呟くのだった。

◆

メイベルがいなくなってから数刻後。

ユージーンの館は、明かりも灯《とも》さず真っ暗な状態だった。

「おやおや、陰気なことで」

廊下を歩いていたロウは、袂《たもと》から金属の小箱を取り出し、中から紙巻の煙草《たばこ》を一本摘《つま》み上《あ》げる。

口に咥《くわ》えると、先端をぴんと指先で弾いた。じわりと橙色の火が灯り、薄く開いた彼の口から白い煙が立ち上る。

虚空に漂う煙をふわりと握りしめ、ロウは魔力を込めた。

『仮初めの明かりよ、俺の行く末を照らしておくれ――』

するとポンと音を立てて、手のひらに小さな球体の光が生まれる。

ふよふよと先導するそれを頼りに、ロウはユージーンの部屋へと足を踏み入れた。

「灯《あか》りくらい、点《つ》けたらどうだい？」

「…………」

返事をしないユージーンを無視し、ロウはそのまま窓辺へと歩み寄る。締め切られたカーテンを開けると、夜空に皓々《こうこう》と輝く青白い満月が姿を見せた。

同時に、長椅子に座り込んだまま俯くユージーンの姿が照らし出される。

「ちゃんとお城まで送ってきたから、安心していいよ」

錠を外して、少しだけ窓を開ける。

隙間から早春の優しい夜風が吹き込み、室内の淀《よど》んだ空気が少しだけ軽くなった。

ロウは机に寄り掛かると、手にしていた煙草を再び咥える。

「……メイベルちゃん、泣いていたよ」

「…………」

ふうーとロウが長く息を吐く。

白い呼気が闇の中に混ざり、やがて消えていった。

沈黙は続き、途切れたままの会話をロウは辛抱強く待つ。世界中の音が盗まれたのかと錯覚しそうになった頃、ユージーンがようやく口を開いた。

「……婚約を解消するか、と言った」

「はあ、なるほどねえ」

苦笑しながら、ロウは吐き出した煙を手繰った。

靄《もや》の中から白い花が一つ、ほろりと取り出される。それを手慰みにしながらロウは言葉を続けた。

「まあ正直、お前が婚約したと聞いて、不安はあったよ」

「…………」

「俺たちは長命だ。彼女はお前より、ずっと先に死ぬだろう。そうなった時、彼女がいなくなったその後の人生を、お前は耐えられるのか?」

ぽとり、とロウの手から白い花が落ちる。

床に落ちたそれに視線を向けたまま、ユージーンは「分からない」と掠《かす》れた声を零した。

「耐えられないかもしれない。それでも僕は……すべて覚悟の上で、それを望んだ」

初めての恋だった。

でもそれは、失うことが確定している恋だ。

ユージーンは必ず、メイベルを看取《みと》らねばならない。いざそうなった時、自分がどうなるのか想像もつかない。

それでも、そのわずかな間だけでもいいから、ずっと傍にいてほしかった。

メイベルの傍にいたかった。

だから婚約という、絶対的な契約を望んだ。

「でもそれはメイベルを……人の世界から、引き離してしまうことだったのかもしれない……」

『魔術師は人ではない』――ユージーンも散々投げつけられてきた言葉だ。

自分だけであればよかった。だがこのままでは、化け物に嫁いだ姫としてメイベルまで後ろ指をさされてしまう。

「魔力を捨てる方法や、寿命を縮める方法を探した。だけど見つからない。大量の魔力を使う魔術はあるけれど、それでも彼女の寿命と同じになるには全然足りない。僕はどうやっても、メイベルと共に死ぬことは、出来ない……」

以前のユージーンは、自分が魔術師であることに不満を覚えたことはなかった。呆れるほど長い命も、魔術という不可思議な力も、自らの知的好奇心を満たし続けるには悪くないと思ったほどだ。

だがたった一人、メイベルという大切な人が出来た瞬間、すべてがユージーンに牙を剥いた。

まさかそれが、当の彼女にまで及んでしまうなんて。

「誰かを好きになるなんて、考えてもいなかった。ましてやそれが……こんなに、どうしようもなく、苦しいものだと……思っていなかったんだ……」

両手で顔を覆ったユージーンが、ぐしゃりと自身の前髪を握りしめる。

それを見たロウは紫煙を燻《くゆ》らせた。

「――じゃあ、彼女を好きにならなければよかった？」

薄く開いたロウの口から、穏やかな問いが紡がれる。

ユージーンは首を左右にゆっくりと振った。

「……それでも、好きになったことを後悔はしていない」

化け物と呼ばれる自分がこんな気持ちを抱えること自体、罪なのかもしれない。

でも好きだから。

好きだからこそ、彼女には本当に幸せになってほしい。

そのためなら――僕は隣にいなくてもいい。

「……お前はすごいよ、ロウ。こんなに複雑で厄介で、切っても切り離せない、難解な感情を抱えられるなんて……」

ユージーンの呟きに、ロウは驚いたように眉を上げた。

だが口角を上げると睫毛をそっと伏せる。赤い瞳の輝きがわずかに陰った。

「そうでもないよ。本当に好きな人には……好きとすら言えない、臆病者だからね」

ロウは再び煙から白い花を作り出すと、一輪をユージーンの机にころんと転がす。

美しい月が、青々とした二人の影を描き出していた。

# 第十章　本音と願い

その夜、メイベルは夢を見ていた。

背後にはユージーンの館。

広がる芝生のただなかにメイベルは立っている。

（ユージーン……）

視線の先には愛《いと》しい婚約者の姿があり、メイベルは彼の名前を呼んで走りだそうとした。

だが思うように足が動かない。

おかしいと思って下を見ると、メイベルの足は細くやせ衰え、車椅子に腰かけていた。

慣れない動作で必死に車輪を手で押すが、上手《うま》く進むことが出来ない。力を籠めるその手にも多くの皺《しわ》が刻まれていた。

（どうしよう……）

たまらずユージーンさん、と叫ぼうとした。

しかし口が動くだけで音にはならない。

すると彼のそばに誰かの人影が見えた。長い髪。女性だろうか。

ユージーンは当然のようにその女性の手を取る。

彼の顔に仮面はなく、あの美しい相貌が穏やかな笑みを浮かべていた。

（……嫌……）

今までメイベルにだけ向けられていたそれが、まったく知らない誰かに向けられている。

メイベルは二人に近づこうと試みるが、距離はいっこうに縮まらない。

やがてユージーンは女性を抱き寄せ、顔を近づけると――


「――‼」

メイベルは額に汗を浮かべた状態でベッドから飛び起きた。

ここはイクス王城にあるメイベルの自室。

見慣れた室内を確認すると、メイベルは「はあ……」と大きな息を吐きだしながら、ゆっくりと俯《うつむ》いた。昨日から泣き続けたせいか、瞼《まぶた》が腫れて開けづらい。

（そうだわ……。私、ロウさんに送ってもらって……）

今度お礼を言わないと、とぼんやり思考を巡らせていたメイベルだったが、すぐにユージーンと交わした会話を思い出した。

（私、どうしてあんなことを言ってしまったのかしら……）

『私がいなくなったら、また新しく好きな人を見つけてほしい』

ユージーンのためにと口走ったくせに、メイベル自身、その覚悟が全然出来ていなかった。

夢に見ただけで動揺して、怯えてしまうほどに。

(怒らせてしまった……私が考えなしに、あんなことを言ったから……)

だがメイベルとしても許せないことがあった。

『――いっそ、なかったことに』

「…………」

ユージーンが言いかけた言葉を思い出し、メイベルはふるふると首を振る。

その提案だけは、何があってもしてほしくなかった。

「……でも、それとこれとは、話が違うわよね……」

謝って許してもらえるだろうかと想像するだけで、じわりと目の端に涙がたまる。

メイベルは強く目を瞑《つぶ》ると、必死に悲しみを払いのけるのだった。

◆

しかし翌日になっても、メイベルはユージーンの元へ帰る勇気が出なかった。

もやもやとした気持ちを抱えたまま、王城の一角にある書庫に向かう。そこでメイベルは、魔術師について書かれた書籍を手に取った。

(もしかしたら、過去に魔術師と結婚した人の記録があるかもしれない……)

以前トラヴィスが『魔術師が結婚した話は聞いたことがない』と口にしていたが、自分の目で確かめたわけではない。ユージーンとの婚約を続けていくためのヒントはないかと、メイベルはわずかな希望をもってページをめくる。

だが結果は予想していた通りのものだった。

「うーん……物語や伝承に近いものばかりだわ……」

本に書かれていたのは、魔術師が今よりも多かった時代のお伽話《とぎばなし》や、彼らが見せた魔術による奇跡の逸話ばかりだった。

読んでいるだけで、魔術師というものがいかに特別で、人とは違うものであるかをまざまざと思い知らされる。

（やっぱり、魔術師と結婚した人間なんていないのかも……）

メイベルは気落ちしたまま、次のページに進む。

するとそこには、白い仮面を着けた魔術師の挿絵が描かれていた。それを見たメイベルは「そういえば」と思い出す。

「……ムタビリスの先生は、どうだったのかしら？」

メルヴェイユーズ・ラトラ・イクス――幼い頃に亡くなった、メイベルの母親。

そんな母に恋をした仮面魔術師がムタビリスの師匠である。

二人は一時期恋愛関係にあったが、結局魔術師は自ら別れを告げ、自身の代わりに『心』という魔力の塊をメルヴェイユーズに捧《ささ》げた。彼の心情が分かれば、ユージーンの気持ちも理解できるかもしれない。

「何とかして、聞いてみたいけれど……」

ユージーンかロウに頼めば、ムタビリスと連絡を取ることは可能だろう。

だがメイベルはまだユージーンの元に帰る覚悟が出来ていない。それに「どうして連絡を取りたいのか」と尋ねられでもしたら、上手く答えられる自信がなかった。

再び頭を抱えたメイベルだったが、ふと思い立ち顔を上げる。

（ルクセン商会に頼んだら、連絡がとれるかも！）

セロはユージーンの館に物資の配達をしていた。

ムタビリスにも同様に、繋《つな》がりを持つ商人がいるかもしれない。

そうと気付いたメイベルは、いてもたってもいられず書庫を飛び出した。自室でムタビリスに宛てた手紙を書き、王都の大通りにあるルクセン商会へ向かおうとする。

だが王城を出てすぐのところで、聞き覚えのある声に呼び止められた。

「メイベル！　戻っていたのか」

「アマネさん！」

振り返ると、アマネが手を振りながらこちらに近づいて来る。

そういえば王城に戻ったと聞いていたのに、これまでまったく顔を見ていなかった。

「久しぶりですね。今はこちらに滞在しているんですか？」

「まあ……色々あってな。それより、どこかに出かけるのか？」

「はい。ちょっと街に下りようかと」

「なるほどな。よし、オレも付き合おう」

「えっ⁉　いいですよ、大丈夫です！」

「護衛代わりだ。気にするな」

言うが早いかアマネはメイベルの手を取ると、さっさと歩き始める。その強引さに驚くメイベルだったが、今は彼の朗らかさがどこか心地好《よ》くもあった。

王城を出て大通りに向かう。

王都の中央にはイクス王国を象徴する鐘楼があり、多くの人々で溢《あふ》れる街路を進んでいくと、レンガ造りの巨大な建物に辿《たど》り着《つ》いた。両開きの立派な扉の上には『ルクセン商会』の看板が堂々と掲げられている。

受付で呼び出してもらうと、セロが慌てた様子で奥から姿を見せた。

「メイベル、急にどうした？」

「突然来てごめんなさい。実はお願いがあって……」

メイベルが事情を伝えるとセロはすぐに了承してくれた。

どうやらメイベルの予想通り、ルクセン商会は各地の魔術師それぞれと繋がりがあるらしく、ムタビリスに連絡が取れる商人へ渡すと約束してくれる。

「でも、ユージーンの旦那に頼んだ方が早いんじゃないか？」

「それは、そうなんだけど……」

セロの素直な疑問に、メイベルは二、三度瞬《まばた》いた後、そっと口をつぐんだ。その様子に何かを察したセロは「あ、悪い」とすぐに謝罪する。

商会を出たところで、律儀に外で待ってくれていたアマネにお礼を言った。

「用事は終わったか？」

「はい。すみません、お待たせしてしまって」

「いや、構わん。ところで、あれは前に言っていた祭りの準備か？」

アマネが指さした商会の軒先には、白い造花が飾られていた。

「そうです。お祭りは明日ですからね」

王城に戻る道を二人で歩きながら、メイベルは『花の祭典《シャン・ド・フルール》』について説明する。

「飾り用の花はこんな風に家の前に飾ったり、お店の看板につけたりして……。当日配る造花は、一ヵ月くらい前からみんなで作って、港にある倉庫にまとめて保管してあるんです」

「そんなに時間がかかるのか」

「たくさん必要ですから。でも慣れれば簡単だし、イクスの子どもなら誰でも作り方を知っていますよ」

ほうと感心するアマネを連れて、メイベルは王都の街並みを眺める。最近はずっとユージーンの館にいたから、こうして出歩くのも久しぶりだ。

王都全体を見守るような鐘楼を見上げながら、メイベルはぎゅっと胸元を握りしめる。

（花の祭典《シャン・ド・フルール》……ユージーンさんと来たかったな……）

あの時は断られてしまったけれど、実はもう一回だけ誘ってみるつもりだった。

騒ぎになるからとユージーンは固辞していたが、彼がどれだけ素敵な人か、魔術師がどんな存在か、ちゃんと見てもらえるきっかけになるかもしれない――と思っていたのに。

（でも今考えてみれば、これもすごく勝手なことよね……）

自分の浅はかな行動を思い出し、メイベルはひとり落ち込む。

すると気のせいか、道行く人々がちらちらとこちらを見ていることに気づいた。

（やだ、まだ泣いた跡が残っていたのかしら？）

出る前に確かめたのに、とメイベルは思わず目元に手を添える。

だが感じる視線は思い過ごしではなく、中には口元に手を当て、ひそひそと囁《ささや》きあっている人たちまで出てきた。

（……？　どうして……）

その時遠くから「あっ！」という元気な声が飛んできた。

すぐに小さな男の子が駆け寄ってきて、メイベルに勢いよく抱きつく。

「メイベル様！」

「リッド！　久しぶりね！」

リッドはイクスの孤児院で暮らす子どもの一人だ。

よく知る男の子の登場に、メイベルは一瞬で笑顔になる。きゃっきゃとはしゃぐ二人を見て、アマネが不思議そうに首をかしげた。

「知り合いか？」

「はい！　この前作ったハンカチは、リッドたちが売ってくれるんですよ」

「メイベル様、最近全然来てくれないね」

「ごめんね。また近いうちに会いに行くから」

メイベルはよしよしとリッドの頭を撫《な》でる。

嬉しそうにしていたリッドだったが、ふとメイベルを見上げて無邪気に微笑《ほほえ》んだ。

「ねえ、メイベル様は『かわいそう』なの？」

「え？」

「みんなが言うんだよ、メイベル様は――」

だがリッドの言葉を確かめるより早く、突如アマネが会話に割り入った。

「おっと、そこまでだ」

「ア、アマネさん？　急にどうしたんですか」

「悪いな少年。メイベルはこれから、オレに港を案内する約束をしているんだ」

「そ、そんなのしてましたっけ⁉」

そう言うとアマネはそのままメイベルの手を摑《つか》み、ずんずんと港に向かって歩いて行く。道行く二人を見た周囲の人々が、目配せやこそこそ話をする様子も見られたが、アマネは一切気にしていない。

（……アマネさん？）

長く続く煉瓦《れんが》道を下っていくと、やがて潮風がメイベルの頰を撫でた。

イクスと他大陸とを結ぶ海の玄関口——港の波止場には、大小の帆船が整然と並んでいる。

近くにある倉庫街まで来たところで、アマネはようやくメイベルの手を放した。

「いったいどうしたんですか、急に」

「——ユージーンと何があった？」

いきなり核心を突いた問いかけに、メイベルの心臓はどきっと跳ね上がった。

その動揺を見逃さなかったのか、アマネはさらに言葉を続ける。

「どうしてこんなところにいる？　何故《なぜ》あいつの館にいない」

「それは、その……」

「それは……お前が瞼を腫らすほど泣いていたことに、関係があるのか？」

「……！」

メイベルは慌てて顔を伏せる。

目立たないと思っていたのに、アマネには見抜かれてしまったようだ。

（どうしよう、でも……）

下手に誤魔化してもまた見破られてしまうかもしれない。

メイベルは短く息を吐きだすと、頭を上げ、慎重に言葉を探した。

「……婚約をなかったことに、と提案されました」

「！　何故だ⁉」

「多分私が、無神経なことを言ってしまったから……」

「……？」

「私がいなくなったら、他に好きな子を見つけてほしいって、わざと、言ってしまったんです……。本当はそんなの、望んでいなかったのに……」

議長に言われた言葉を、メイベルはずっと考えていた。

自分は間違いなく、ユージーンより先に死ぬだろう。

でもそのあとも、ユージーンにはずっと幸せでいてほしい。

そのために必要なら——自分以外の人を愛しても、仕方がないと思っていた。

手放すことが正しい愛で、それが本当の優しさだと信じていた。

でも本当は、私だけを、ずっと好きでいてほしい。

私が亡くなった後も、他に好きな人なんて見つけてほしくない。

「ユージーンさんが、私以外の誰かに笑いかけるのも、優しくするのも……嫌なんです……」

初めて恋をしたメイベルは、独占欲というものを知らなかった。

恋愛はキラキラとした、とても尊くて美しいものと思い込んでいたのだ。

でも実際は、こんなに醜い気持ちを生み出してしまうものだと知った途端——メイベルの中に大きな戸惑いと罪悪感を生み出した。

「ひどいですよね、私……。好きな人の幸せを、願えないなんて……」

大切な人がいつまでも笑っていてくれること。それがいちばんなのだと、頭ではとっくに理解している。

でも今の自分は、その当たり前の気持ちすら持つことが出来ない。

なんて自分勝手で、わがままなのだろう。

「だから……ユージーンさんは、あんなに、怒ったのか、なあ……」

ずっと心の中に溜《た》め込《こ》んでいた澱《おり》が、涙と共にぼろぼろと外に出ていく。

メイベルが言い終えるまで静観していたアマネは、はあと呆《あき》れたような息を吐き出すと、じとっとした半眼でメイベルを睨《にら》みつけた。

「なんだ。そんなことか」

「そ、そんなことって……」

「てっきり、あの男に愛想を尽かしたかと思ったんだが」

そう言うとアマネは、俯いて泣くメイベルの額に人差し指を当てた。そのままぐいっと強く押され、メイベルはのけ反るように上を向かされる。

零《こぼ》れていた涙は驚きで引っ込み、メイベルはその大きな目をしばたたかせた。

「そんなもの、何も悪いことではない。むしろ誰しもが思うことだ」

「……？」

「自分だけを好きでいてもらいたい。そう望んで何が悪い？　少なくともオレは、オレ以外の男に惚《ほ》れることを許さんぞ」

「アマネさん……」

気がつけば、時刻は夕方になっていた。

水平線に沈む夕日が、海面と港を鮮やかに照らし出す。その光を背に受けながら、アマネはいつものように白い歯を見せた。銀の髪が橙《だいだい》に染まり、同じ色彩の瞳がゆっくりと細められる。

「──お前は綺麗《きれい》だな」

「え?」

「出会った時は、なんと普通の女かと思っていた。姉たちの方がまだ華がある」

「それは、確かにそうですね」

遠慮のない物言いに、メイベルは思わず苦笑する。

それを見たアマネは優しい笑みを浮かべたまま、眩《まぶ》しいものでも見るかのように目を眇めた。

「だがお前の心は、他の誰よりも美しい。目利きが出来なかったのは、どうやらオレの方だったようだな」

そう言うとアマネは、そっとメイベルの手を取った。

「メイベル、改めて──オレと結婚してくれないか?」

「……!」

「お前は欲がなさすぎるんだ。それなのにやっと何かを望んだと思えば、小さな子どもでも言うようなわがままを、自分には過ぎた願いだと泣いている。……そんなもの、オレならいくらでも叶《かな》えてやれるのに」

「アマネさん……」

「オレを選べ、メイベル。頼むから……オレとキィサに来てくれないか」

アマネの表情は真剣で、メイベルは少しだけ選ぶ言葉に迷った。

だがすぐに首を振る。

「ありがとうございます。……でも私はやっぱり、ユージーンさんの傍《そば》に、いたいです……」

アマネが伝えてくれた言葉はどれも、メイベルの心に甘く響いた。

だがそのすべては『ユージーン』でなければ意味がない、とも知っている。

「たとえ短い時間しか一緒に居られなくても、いつか、他の人を好きになったとしても……。私はユージーンさんが、好きだから……」

「……そうか」

アマネは短くそう答えると、すぐに掴んでいた手を離す。

メイベルは彼がどんな顔をしているのか——見ることが出来なかった。


二人がイクスの王城に戻った時、すでに日没を迎えていた。

灯《あか》りの点《つ》いた正門をくぐり、玄関ホールでアマネに頭を下げる。

「あの、今日はありがとうございました」

「気にするな、護衛代わりだと言っただろう」

「それだけじゃなくて、あの……もしかしたら、心配してくれたのかなと」

目ざといアマネのことだ。

おそらくメイベルが王城から出てきた時点で、涙の跡に気付いていたのだろう。

小首をかしげたメイベルに対し、アマネはすぐに睫毛を伏せると「偶然だ」と笑った。

つられるようにメイベルも微笑む――その時だった。

「――アマネ」

奥の廊下から響いた声に、メイベルは思わず背筋を正した。

振り向いた視線の先にいたのは長身の青年。

長い銀の髪を三つ編みにした姿に、メイベルは見覚えがあった。

（前に、玄関でぶつかりかけた……）

青年は静かにこちらに歩み寄ると、アマネの前に立つ。

「どこに行っていた？」

「メイベル様が、街に下りられたので、付き添いを……」

（……アマネさん？）

その時メイベルは、アマネの声がひどく強張《こわば》っていることに気づいた。隣を覗《のぞ》き見ると、普段あれだけ快活なアマネが下を向き、額には汗を浮かべている。

そんなアマネを労《いたわ》るでもなく、青年は青い瞳をついとメイベルの方に動かした。

「そうでしたか。愚弟がご迷惑をおかけしませんでしたか？」

「い、いえ……」

「それは良かった」

ふ、と青年は目を細めたが、笑顔のように見えて、心の中ではまったく笑っていない――と察したメイベルは知らず知らず身震いする。

「紹介が遅れました。私はカイリ、アマネの兄です」

「カイリ、さん……」

二人が会話している間も、隣に立つアマネはうつむいたままだ。心なしか顔色も悪い。

そんな彼に追い打ちをかけるように、カイリは優しい声色で語りかけた。

「そういえばアマネ、昨日の話は理解していますね？」

「もちろんです……兄上」

結構、とカイリは話を切り上げると、メイベルに向けて再度会釈した。

カイリが離れていき、ようやく姿が見えなくなったところで、メイベルは抑え込んでいた呼気を一気に吐き出す。

（……何かしら、すごく、怖い……）

暴力を振るわれたわけでも、厳しい言葉を投げつけられたわけでもない。だが見えない刃を突きつけられたかのように、メイベルはひとり戦慄《せんりつ》していた。

なんとか動揺を落ち着けると、蒼白《そうはく》になっているアマネに声をかける。

「アマネさん、大丈夫ですか？　すごい汗が……」

「ああ。悪いな……」

はあ、と大きく肩を落とすと、アマネは何度か確かめるように息を繰り返した。

「さっきの方がお兄さんですか？」

「序列二位のカイリ・ヒイラギ兄上だ。くそ、こんなところを見られるとは……」

キィサは王族間の格差が顕著だと聞いていたが、アマネの様子を見る限り、メイベルが考えていた以上に厳しいもののようだ。

「申し訳ないけれど……なんだか、とても怖い人だったわ」

「まあ、な……。絶対に逆らうことは出来ない、雲の上の人だ。それこそ不興を買えば、この場で殺される可能性だってある」

「そ、そんなの、いくら何でもおかしいわ！」

「だから言っただろう。オレたちはそういう存在なんだ。結果を残さなければ生きていけない。

……絶対に、逃げられないんだ……」

絞り出すようにそう呟《つぶや》くと、アマネは強く瞼を閉じる。

メイベルはそんな彼の姿を、不安げに見つめることしか出来なかった。

◆

その夜、ユージーンの部屋に客人が訪れた。

「鍵もかけないとは、随分と不用心だな」

「……アマネか」

ここ数日、メイベルを巡って争っていた異国の王子。

だが今は案内役のセロはおろか、あれだけいた供たちも一人として連れていなかった。

衣装はあちこち破れ、泥で汚れている。どうやら拙《つたな》い魔道具の力だけで、無理やり館に続く森を越えてきたようだ。

「何をしに来た」

「……どうして、婚約を解消するなどと言い出した」

最初は背中を向けていたユージーンだったが、その言葉を聞きゆっくりと振り返る。

薄暗い部屋の中、仮面越しに金色の瞳が琥珀《こはく》のように輝いており、アマネを冷淡に睨みつけた。

「お前には関係ない」

「じゃあ、オレがもらってもいいんだな？」

室内にぴりっとした緊張が走る。だが椅子に座ったまま、ユージーンは何も発しようとしない。

それに苛立《いらだ》ちを覚えたのか、アマネはつかつかと歩み寄ると彼の胸倉を摑み上げた。

「どうなんだ？　はっきり言え！」

「――っ、お前に、何が……」

「分からんな！　こんな腑抜《ふぬ》けた男の気持ちなんて！」

さすがに腹が立ったのか、ユージーンはぎりっと奥歯を嚙《か》みしめると、アマネの手首を握り返した。だがアマネは感情を抑えるでもなく、ユージーンに向けて激昂《げっこう》する。

「しっかりしろ、お前じゃなきゃダメなんだ！　オレでは……」

（……？）

そこでようやく、ユージーンはアマネの様子がこれまでと違うことに気づいた。徐々に語気が弱まり、摑む力が弱くなっていく。

やがてアマネは絞り出すように、切れ切れと声を発した。

「……オレは最初、『化け物と婚約させられた姫がいる』と聞いて、ここまで来た」

「………………」

「オレと同じ、国に逆らえない運命を抱えているのだと思った。オレはキィサから逃げられない。ならせめて、その姫だけは助けてやりたいと」

だが意気揚々と乗り込んだアマネが見たものは、幸せそのものの二人だった。

化け物と言われていた魔術師はメイベルをとても大切にしていたし、可哀《かわい》そうな姫とやらもまた、彼を心から愛していた。

だからこそ、その幸福を自ら壊そうとするユージーンが信じられなかった。

「お前の考えなどオレは知らん。だがメイベルに肩身の狭い思いをさせるな！」

「そんなこと、お前に言われなくても分かっている」

「泣かせておいて、何が分かっているだ！」

「……っ」

「何でも出来て、どこにでも行ける。おまけに好きな人から、愛を返してもらえる……。それだけ恵まれていながら、お前はどうして逃げる」

太陽のようなアマネの瞳が、月のようなユージーンの目を射貫《いぬ》く。

しばし沈黙していたユージーンだったが、やがてアマネの手を強く振り払った。

「それなら僕は、お前が死ぬほどうらやましいよ。メイベルと同じ時を過ごし、共に死ぬことが出来る」

「………………」

手を固く握りしめ、ユージーンは強く瞑目《めいもく》する。

「でも僕は……隣にいるだけでメイベルを傷つける。僕と……こんな化け物と同じだと、苦しめてしまう……」

それを聞いたアマネは、驚いたように瞬いた。

「メイベルがそう言ったのか？」

「それは……」

「違うだろ。メイベルは絶対、そんなことを言うやつじゃない」

ちゃんと話をしろ、と言うアマネに、ユージーンはそれ以上の反論を躊躇《ためら》ってしまう。

「どうして急に、こんな話をしにきた？」

「………………」

「お前にとって、僕は邪魔者でしかないはずだ。婚約が解消されるなら、むしろありがたいんじゃないのか？」

「──オレはもう、あいつの婚約者じゃない」

今度はユージーンが驚きに目を見開く番だった。

だがアマネの言葉に嘘《うそ》はないらしく、彼は静かに告げる。

「昨日、正式に言い渡された。今後はオレに代わり、カイリ兄上がその役を遂行する」

「理由は？」

「時間がかかりすぎている、と。本国が痺《しび》れを切らしたんだ。……だから、恥を忍んでお前のところに来た」

「……？」

「頼む、助けてくれ。……オレだけでは、カイリ兄上からメイベルを守れない」

必死な表情を浮かべるアマネを前に、ユージーンはわずかに眉根を寄せた。

次に自身の机の上へと視線を動かす。そこに置かれたものを見つめ──やがて観念したようにため息をついた。

◆

同時刻。

メイベルは王城の自室で、ぼんやりと夜空を見上げていた。

（やっぱりユージーンさんに、ちゃんと謝ろう……）

アマネに話したことで、自分の気持ちをはっきりと認めることが出来た。

ちゃんと本当の思いを伝えて、それでユージーンに嫌われたら、その時はその時だ。

（とはいえ、いったいどんな顔をして戻ったらいいのか……）

その時、目の前の窓ガラスがカタカタと細かく振動し始めた。驚いたメイベルは慌てて錠を外し、外のバルコニーへ飛び出す。すると頭上からばさりと大きな羽音が落ち、足元にくっきりとした濃い影が広がった。

「こんばんは、メイベル」

「ムタビリス！」

空から現れたのは白い仮面を着けたムタビリスだった。

優雅に羽ばたきながら下り立つその姿に、メイベルは目を白黒させながら口を開く。

「すごいわ、こんなに早く手紙が届くなんて」

「手紙？」

きょとんと目をしばたたかせるムタビリスに、メイベルは「あら？」と首をかしげた。

「それを見て、来てくれたんじゃないの？」

「違うよ。さっきユージーンの館に行ったら、メイベルは城に戻ってるって言われて」

あっけない種明かしに、メイベルは肩の力が抜ける。

考えてみれば、今日の昼に預けたものがそんなに早く届くはずがない。

「おれに手紙をくれたの？」

「う、うん」

「楽しみだな。どんな内容なんだろう」

嬉しそうに笑うムタビリスを前に、メイベルは少しだけ戸惑った。だがどのみちいつかは手紙が届くのだと考え直し、彼に直接お願いしてみる。

「実はその、あなたの先生にお会いしたいの」

「おれの？」

「あなたの先生は私のお母様――メルヴェイユーズに恋をしていたのよね？　でも『心』を贈ったあと、自ら身を引いた……。どうしてそんなことをしたのか、聞いてみたくて」

するとムタビリスは困ったようにうーんと目を閉じた。

「それはちょっと……難しいかなあ」

「どうして？」

「その……先生は少し前に、亡くなってしまったから」

「……！」

衝撃の事実に、メイベルは言葉を失った。

「ごめんなさい、私、なんて失礼なことを」

「だ、大丈夫だよ！　まあでも、普通驚くよね。魔術師ってみんな、とんでもなく長生きっていうイメージがあるだろうし……。……実際おれたちは、知り合った人間と同じ速度で死んでいくなんて、まず出来ないからさ……」

「そう、よね……」

魔術師であるムタビリスの口から言われると、現実のものとして重くのしかかってくる。

「でも、先生の寿命はある意味分かりやすかったかな。なにせ『心』を作っていたし」

「心を作っていたから？」

「うん。前に『心』は生涯に一度だけ作り出せるって言ったよね。あれって、生み出すのにものすごい量の魔力を使うからなんだ」

しかし魔術師にとって、魔力と寿命は等しいもの。

魔力が無くなるにつれて、魔術師は一気にその生命を衰えさせる。

「だから『心』を作ると、おれたちの寿命はとんでもなく縮まってしまう。それもあって『心』は、一生のうちに一度しか生み出すことが出来ないと言われているんだ。そもそも、この魔術を使おうと思う魔術師自体、ほとんどいないしね」

「そんなにすごいものだったのね……」

魔術師の命そのものともいえる『心』。

それほど貴重なものを、ムタビリスの先生はメイベルの母に贈ったのだ。

「でも好きだったとはいえ、どうしてそこまで……。お母様を喜ばせたいだけなら、きっと他にも方法はあったでしょうに……」

「もちろんいちばんは、自分がいなくなったあとも彼女を守りたかった――だと思うよ。でも先生はもう一つ、強く願っていたことがあった」

「願っていたこと？」

「そう。……『好きな人と一緒に亡くなりたい』って」

ムタビリスから出てきた言葉に、メイベルは耳を疑った。

だが彼は平然とした様子で話し続ける。

「……実はね、おれは先生が『心』を生み出そうとした時、ものすごく反対したんだ。先生はその時既にかなり長い年月を生きていた。だから『心』を作ったりすれば、残りの寿命がほとんどなくなってしまう、ってね。でも先生がその時、そう言ったんだ」

「好きな人と、一緒に……」

「もちろん、具体的な年数が読めるわけじゃないから、実際どうなるのかは分からなかった。でも、それでもいいから――先生は愛する人がいるこの世界で、可能な限り、同じ時間を過ごしたかったんだと思うよ」

それはあまりに一途《いちず》で不器用な『愛情表現』。

だからこそメイベルは不思議だった。

「どうしてそこまで思っていたのに……自分から身を引いたの？」

「メイベル……」

「自分の命を捧げる覚悟までしたのに、それならきっと、お母様だって――」

苦しそうに思いを吐き出すメイベルを見て、ムタビリスはそっと口にした。

「多分、だけど……。それがメルヴェイユーズさんにとって、幸せだと考えたんじゃないかな？」

「離れることが、お母様にとって……幸せ？」

うん、とムタビリスは大きな目を細めて頷《うなず》いた。

宝石のような、青色の虹彩《こうさい》が闇夜に輝く。

「おれたち魔術師は――人じゃない。だから一緒にいると、きっと悲しい思いをさせる」

「そんなことないわ、ムタビリスは私たちと何も変わらないじゃない」

「……うん、ありがとう」

えへへ、とムタビリスは口元を綻《ほころ》ばせた。

「メイベルがそう言ってくれるのはすっごく嬉しい。でもおれたちは、きみたちよりずっと長生きで、不思議な力も持っている。だから怖がられるのは仕方ないんだ」

「そんな……」

「おれ自身は慣れているから平気。でもおれのせいで、一緒にいる大好きな人まで周りから怖がられるようになったら……それはとても、すごく、つらいと思う」

「ムタビリス……」

「きっと先生もそう思って、お母さんの傍を離れたんじゃないかな……」

思わずうつむくメイベルを前に、ムタビリスはぽつりと呟く。

「……魔術師と人が恋をして、本当に……幸せになれるのかな」

「どうしてそう思うの？」

「実はおれ……先生が亡くなる直前、泣いているところを偶然見てしまったんだ。理由は聞けなかったけど……。なんとなく、後悔、している気がした」

「…………」

「先生の選んだ答えが正解だったのか、間違っていたのか……おれには今も分からない。でもメイベルとユージーンには……先生のように、悲しんでほしくないんだ……」

ムタビリスにも分かっているのだ。魔術師と人が結ばれるために、越えなければならない障害が
――あまりにも多いことを。

メイベルは伏せていた視線を上げると、ムタビリスを正面から見据える。

「大丈夫よ、……と言いたいけれど、ごめんなさい。正直、自信はないの……」

「メイベル……」

「あなたが言うように、私は必ず先に死ぬし、それどころか途中でユージーンさんに嫌われてしまうかもしれないわ。昨日だって喧嘩《けんか》して、勝手に館から出て来ちゃったし……。でも……それでも私、ユージーンさんのことが本当に……本当に、大好きなの」

魔術師だから。

人だから。

そんな問いはもはや意味をなさない。

メイベルの答えに、ムタビリスは安心したように口角を上げた。

「……ユージーンが、うらやましいな」

「え？　どうして」

「メイベルに、こんなに思ってもらえる。すっごく、羨ましい」

ふふ、と柔らかく微笑むムタビリスを見て、メイベルは自分が恥ずかしいことを口走ってしまったと今さらになって赤面する。

するとトントンと部屋の扉を叩《たた》く音が聞こえてきた。

「誰か来た——じゃあまたね、メイベル」

「うん、ありがとう。ムタビリス」

すぐさまムタビリスは舞い上がり、星空の中を泳ぐように飛んでいった。

残されたメイベルが扉に向けて応答すると、メイドのウィミィが顔を出し「あら？」と首をかしげる。

「メイベル様、星を見ていらしたんですか？」

「ううん、魔術師の友達が来ていたの」

するとウィミィはひい、と怯《おび》えた声を上げた。

「ま、魔術師ですか⁉　また戻って来たりします⁉」

「戻っては来ないと思うけど……どうしたの、そんなに慌てて」

「だ、だって、顔見たらおかしくなるとか、倒れるとかいうじゃありませんか……」

せわしなく視線を動かすウィミィに、メイベルは「大丈夫よ」と笑う。

「それはただの噂《うわさ》よ。確かに素顔を直視すると危ないみたいだけど、命を奪われたりはしないし、みんな仮面を着けているもの」

「そ、そうなんですか……？」

メイベルの太鼓判に少しだけ安堵《あんど》したのか、ウィミィはふうと胸を撫で下ろした。

「ふふ、そんなに怖がらなくてもいいのに」

「だって魔術師ですよ？　どんな人かも分からないし、恐ろしい力も持っているし……」

「その力で、以前この国を守ってもらったのに？」

「そ、それはそうですけども……」

むう、と困ったように眉を寄せてウィミィは続ける。

「でも街の人だってみんな怖がっていますよ！　それにウィスキの一件があったせいで、『メイベル様は国のために、魔術師と無理やり婚約させられた』なんて言う人もいますし……」

え、とメイベルは目を見開いた。

「どういうこと⁉　私、無理やりなんかじゃないわ！」

「もちろん否定はしているんですが……。やはり魔術師が相手と言われると、信じる方も多いみたいで……」

もごもごと口籠るウィミィを見て、メイベルは今日覚えた違和感を思い出した。

大通りを歩いていた時に向けられた視線。内緒話。

おそらくあれは――『魔術師と婚約させられた、かわいそうな』メイベルに向けられたものだったのだ。

（そんな……誤解なのに……）

思えば気づくべきだった。

議長の言葉を部下が遮った時。リッドから『かわいそう』と言われた時。

アマネが人混みから逃げるようにメイベルを連れ出したのは、きっと周囲から向けられる好奇や哀れみの目から、メイベルを守るためだったのだ。

そしてメイベルは、一番恐れていた考えに辿り着く。

（まさかユージーンさんもこのことを知って……。だから、婚約を解消しようと――）

メイベルはクローゼットの前に駆け寄ると、すぐさま外出用の衣装に着替え始めた。突然の行動に、ウィミィはどうしたことかと慌てる。

「メイベル様、どうなさったんですか⁉」

「今からユージーンさんのところに戻るわ。勝手に出て行ってしまったことを謝って、ユージーンさんの本当の気持ちをちゃんと聞くの」

「い、今から⁉」

どうしたらいいか分からず戸惑うウィミィを残し、メイベルは自室を出て、玄関ホールへと急ぐ。

すると廊下の途中で銀髪の男性――アマネの兄であるカイリの一行と遭遇した。

「カイリ様」

「おや、メイベル様ではありませんか。こんな夜更けにどちらへ？」

「婚約者の元に帰ろうと思いまして。私の気持ちをちゃんと伝えないとと」

カイリに向けて軽く会釈すると、メイベルは早々に立ち去ろうとする。

だがカイリの口から耳を疑うような言葉が零れた。

「それは困りますねえ。だってあなたの婚約者は――この私ではありませんか」

「――え？」

次の瞬間、カイリの傍にいた従者の一人がメイベルを羽交い絞めにする。口に分厚い布を押しつけられ、メイベルは必死になってもがいた。

しかし強い酒を呑《の》まされたような酩酊《めいてい》感と共に、徐々に頭の芯がぼうっとしていく。

「まったくとんだじゃじゃ馬だな。キィサに帰ったら、首輪でもつけておくか」

（どうして……こんな、こと……）

やがて意識が完全に途切れ、メイベルはぐたりと弛緩《しかん》する。

従者が抱きかかえるその姿を見て、カイリはその美しいかんばせを綻ばせるのだった。

# 第十一章　水棲馬《ケルピー》は空を駆ける

メイベルが目覚めると、そこはわずかな明かりが灯《とも》る部屋の中だった。

（ここ、どこ……？）

天井からは薄紫と銀糸の豪奢《ごうしゃ》な帳《とばり》が垂れており、その下に置かれた立派な寝台にメイベルは寝かされていた。心なしか全体がふわふわ動いている気がする。

なんとか体を起こすが、まだ頭の奥深くに痺《しび》れたような感覚が残っており、メイベルはひどい倦《けん》怠感《たいかん》に襲われた。

改めて周囲を見回すが、壁のどこにも窓はなく、置かれている家具にはどれもキィサで使われる特徴的な文様が施されている。

（まさかキィサに……？　ううん、さすがにそこまで時間は経《た》っていないはず……）

だが外の様子が確認できない以上、今どこにいるのか見当もつかない。

おまけに香を焚《た》いているのか、腐った果物のような甘ったるい匂いが室内に充満していた。

（早く脱出しないと……でもいったいどこから……？）

必死に思考を巡らせるが、ひとつ呼吸をするたびに意識がふわっと飛びそうになる。

やがて寝台の脇に据えられていた間仕切りの向こうから、扉の開く音が聞こえた。

朦朧《もうろう》とするメイベルの前に、従者を連れたカイリが姿を見せる。

「ようやく目が覚めましたか」

「カイリさん……どうして、こんなこと……」

「本国《キィサ》から指示がありまして、ふがいないアマネに代わって、私が貴女《あなた》のお相手を務めることになりました」

「代わって……？」

「アマネには既に了承させていますし、イクスの皆様はキィサ王族との婚約にとても積極的でらしたので、意外とすんなりいきましたよ。とはいえ私自身は、こんな小国の末姫に関心などないのですが……。まあ、第四夫人くらいにはして差し上げましょう」

自身の長い三つ編みを指先で弄《もてあそ》びながら、カイリは静かに目を細めた。

だがメイベルは負けじと、強い視線で睨《にら》み返す。

「——絶対にお断りだわ」

「ふふ、強気な女性は好きですよ。躾甲斐《しつけがい》がありますからね」

カイリは物怖《ものお》じするどころか、口角を上げて優雅に冷笑した。

「まあそもそも、貴女がどれだけ抵抗しようと、既成事実さえ作ってしまえばどうということはありません」

「なっ……」

「傷物になった姫を娶《めと》りたい——なんて物好きはいないでしょう？」

恐ろしいことを平然と言ってのけるカイリに、メイベルは底知れない恐怖を感じる。

険しい表情を浮かべるメイベルを見て、カイリはふうむと顎に手を添えた。

「まだ、薬の効きが悪いようですね……」

カイリが背後に控えていた従者に指示を出す。

すると従者は小瓶を取り出し、燭台《しょくだい》の皿に何かの液体を注ぎ始めた。途端に、部屋の中に立ち込めていた匂いが強くなる。

「……っ⁉」

「子猫とはいえ、噛《か》みつかれてはたまりませんからね。もう少し眠っていただきましょう。お前たちはここで見張っているように。ではメイベル様、またのちほど」

「待、ちな、さい……！」

メイベルは落ちてくる瞼《まぶた》を必死にこじ開ける。

だが強い眠気が全身を襲い、たまらず頭を枕に沈ませた。

（ダメ……寝ては……）

しかしよほど強い効力があるのか、意識が一気に散り散りになっていく。

おまけに寝台の傍《そば》にはカイリの残した見張りが二人もおり、逃げることも出来ない状態だ。

（どう、しよう……）

段々と、考えることも難しくなってきた。

無駄な抵抗と知りながらも、メイベルは自身の手の甲に力いっぱい爪を立てる。

その一瞬だけ強い痛みが走ったが、それも薬の効果ですぐにかき消され、ぐらぐらと波に飲み込まれるような感覚に陥った。

（助けて……ユージーン……）

限界まで細く引き伸ばされた意識の糸が、ふつりと切れかける――

だがその瞬間、近くで威圧感を放っていた見張りの片方が、突然どさっと床に倒れこんだ。

その衝撃にメイベルがはっと目を見開くと、残るもう一人もくぐもった声を上げながら、あっという間に視界から消えていく。

（な……何……？）

すると理解が追いつかないメイベルの耳に、聞き覚えのある声が飛び込んできた。

「無事か、メイベル」

「……アマネ、さん……？」

物陰から現れたのは、漆黒の衣装を全身に纏ったアマネだった。

口元も黒い布で覆われていたが、隙間から見える夕日色の瞳は間違いない。

彼はメイベルに近寄ると、その口に乾燥した草のようなものを押し込んだ。

「ん、ぐ……！」

「悪い、我慢してくれ」

とんでもない臭気を放つそれを、メイベルは奥歯でぎしっと噛みしめる。今まで味わったことのない苦みが口いっぱいに広がり、たまらずげほげほと咽《むせ》ながら吐き出した。

「……っ!!」

目からは生理的な涙がぼろぼろと零《こぼ》れ、メイベルは懸命にそれを拭う。

しかしそうこうしているうちに、頭の中に立ち込めていた靄《もや》が晴れ、少しずつ普段の感覚が戻ってきた。

「アマネさん、どうしてここが」

「兄上を見張っていた」

倒れているカイリの従者たちを手際よく縛り上げながら、アマネは静かに告げる。

「逃げるぞ。あの人は自分の意に添わないと分かれば、平気で命を奪う人だ」

「で、でも、逃げたら、アマネさんが」

「いいから」

時間が惜しいとばかりにアマネはメイベルの手を取る。

部屋を出ると狭く真っ暗な通路が続いており、メイベルはあの寝台だけではなく、建物全体がわずかに揺れていることに気づいた。

「あ、あの、ありがとうございます……」

「礼は無事に出られてからだ」

アマネの足取りには迷いがなく、明確に出口を求めて動いていた。

途中、何度か見張りをやり過ごし、急勾配の階段を何度も上り下りする。やがて外から漂ってくる潮の香りと波の音で、メイベルはここがどこかをようやく理解した。

「もしかしてここ、船ですか？」

「兄上の船だ。規模はオレのものと倍は違うが、中の構造は大差ない」

少し余裕が生まれたのか、アマネがメイベルの呟《つぶや》きに応じる。

なおもしっかりと摑《つか》まれたままの手を見つめ、メイベルは思わずアマネに尋ねた。

「あの、どうして助けてくれたんですか？」

「………」

「お兄さんが怖いって、あんなに言っていたのに……。それにもし見つかったらアマネさんは」

「ただでは済まないだろうな。だが今お前を助けなければ、オレはこれから先もずっと後悔すると思ったんだ」

アマネの穏やかで真っすぐな声が続く。

「オレはずっと、すべて用意された一生を送るんだと思っていた。父王の命令と、兄たちに縛られて、キィサのためにこの命を終えるのだと」

メイベルとの婚約もその一つでしかなかった。

だが自分と同じ『囚《とら》われの姫君』だと思っていたメイベルは、とても幸せそうに暮らしていた。

姉たちのような美貌も才能も持ち合わせていないのに、ただ与えられることを嫌い、自らの境遇に嘆くこともなく。

「だからお前に縁談を断られた時、心の底から驚いた。国がお膳立てしたことで、オレの思い通りにならなかったことなんて、今まで一つもなかったからな。……だからどう口説けばいいか、どうすればお前が振り向くのか、まったく予想できなくて……。そうやって自分の頭で考えている時間が楽しくて、面白くて、仕方なかった」

「アマネさん……」

「お前といれば、オレはまだ、自由でいられるかもしれないと思った。……少し、出会うのが遅かったようだがな」

メイベルには、既に大切に思う相手がいた。

彼女の片思いなら、奪い取る自信はあった。政略結婚なら、自分の力で壊してやると意気込んでいた。

だがメイベルとユージーンは、ただ普通に恋をしていた。

魔術師と人間という違いをぶつけても、彼女の気持ちは変わらなかった。ユージーンもまた、一人の人間のように悩み苦しんでいた。

羨ましかった。

そこまで純粋に思ってくれる人が、アマネにはいなかったから。

「メイベル、安心しろ。お前の気持ちは、オレがきちんとぶつけてきてやった」

「ぶつけて、って……まさか、ユージーンさんに⁉」

「ああ、はっきりしろとな。だから大丈夫だ。あいつは――ユージーンは今もちゃんと、お前のことが好きだ」

メイベルはその言葉に、思わず泣きそうになった。

すると前を歩いていたアマネが振り返り、柔らかく微笑《ほほえ》む。メイベルがしっかり頷《うなず》いたのを確認すると、彼は再び慎重に足を進めた。

やがて船尾楼から出てきた二人の眼前に、巨大な帆柱が現れる。奥にはさらに二本の柱があり、今は停泊中のためか帆は折り畳まれていた。

空にはまだ星が輝いており、日の出にはもう少し時間がかかりそうだ。

「今なら暗闇に紛れられる、早く――」

だがアマネはそこで急に足を止めた。

メイベルもすぐに身構え、そろそろと前を見る。

向かいには多くの配下を連れたカイリが、憫笑《びんしょう》を浮かべながら立っていた。

「どこのネズミが入り込んだかと思えば……まさか身内に寝首を掻《か》かれるとはね」

「……カイリ兄上」

「誰が気安く私の名を呼んでいいと言った？」

酷薄な表情を湛《たた》えたまま、カイリは静かにこちらに歩み寄る。

アマネはメイベルを庇《かば》うように立ちはだかったが、その腕や肩は震えていた。

「がっかりだよアマネ。せっかく見どころのある弟だと思っていたのに」

「………………」

カイリが着ていた上着の内側に手を差し入れる。

そのわずかな隙を狙い、アマネは袖から短刀を取り出すと、カイリに向けて鋭く投擲《とうてき》した。

同時にメイベルの腕を引くと、船べりに向かって一気に走り出す。

「下にオレが乗ってきた小舟がある！　それに――」

海上に続く縄梯子《なわばしご》を持ち上げ、それを伝って下りるようメイベルに指示する。

しかし次の瞬間、小さな破裂音がし――アマネのくぐもった声がすぐそばに落ちた。

「――っ！」

「アマネさん⁉」

メイベルには最初、何が起きているのかまったく分からなかった。

だが良く見るとアマネの肩口が真っ黒く染まっており、そこからじわじわと血が広がっている。

アマネ自身も理解出来なかったのか、ただ大きく目を見開いていた。

（いったい、どうやって……⁉）

振り返ったメイベルは、暗闇の中目を凝らす。

するとカイリの手に、金属製の武器が握られていた。以前トラヴィスが持っていたものとよく似ている。

（まさか、キィサにも魔道具が？）

カイリは躊躇《ためら》うことなく、こちらに向けて二度目の衝撃波を打ち出す。再び肉を貫く嫌な音がし、隣にいたアマネが絶叫した。

そのままよろめくと、船のへりへと倒れ込む。

「アマネさん、しっかりしてください、アマネさん!!」

くずおれるアマネの体を、メイベルは必死に引き止めようとする。

だが彼の上体は大きく傾き、そのまま滑るように船上から海へと落下した。ばしゃん、と高く跳ね上がった白浪《しらなみ》の名残だけを残し、アマネの体は暗い水底に呑《の》み込《こ》まれてしまう。

その光景を見ていたカイリは、満足そうに微笑んだ。

「あの傷で、上がってくることはまず無理でしょう。さあメイベル様、こちらに」

「……っ！」

カイリは一歩、また一歩と彼我《ひが》の距離を詰めてくる。

焦ったメイベルは残された縄梯子を摑むが、すぐに、ばん、と空気を震わす音がした。

「……!?」

直後、メイベルが握っていた縄の一部がぼろりと崩れ落ちる。

見ればカイリがこちらに向けている武器の先端から、真新しい煙が立ち上っていた。

「これで逃げられなくなりましたね。さあ、どうします？」

（どうしよう、このままじゃ……）

このままカイリに捕まれば、おそらく無事では済まない。

それに水底に沈んでいったアマネも、一刻も早く救出しなければ。

（でも……）

メイベルはちらりと船外に目を向ける。

夜闇の中、一面に広がる黒曜石の断面のような海。

見ているだけなら美しいが――今はまるで命を奪おうとする深淵《しんえん》そのものだ。

（湖で水浴びはしたことあるけど、海で泳いだことなんてない……。おまけにこの高さから落ちて、無事でいられるものなのかしら……）

だが迷っている間にも、カイリの部下たちはこちらに接近してくる。

咄嗟にメイベルが船べりに乗り上げると、カイリはやれやれと微苦笑を浮かべた。

「やめておきなさい。貴女も助かりませんよ」

「………………」

下から強く吹き上げる潮風と、まったく底の見えない黒い波間。

メイベルにとっては恐怖でしかなかったが、アマネの安否を考えれば、臆する時間は一秒たりともない。

（一か八か――）

メイベルは大きく息を吸い込むと、そのまま重心を船の外側にずらした。ぐらりと体が傾き、吸い込まれるような浮遊感がメイベルを襲う。

それはすぐに、どぶん、というくぐもった水音と息が出来なくなる閉塞感に変わった。

（苦、しい……！）

落下の衝撃もすさまじく、メイベルはあわや意識を失いかける。だがすぐに目を見開くと、かろうじて残っている気力を奮い立たせた。

（早く水面に……。それに、アマネさんも――）

しかし水流が強いのか、まったく上に浮かぶことが出来ない。

メイベルは必死にもがいていたが、服の間から細かな水泡が飛び立つだけだ。

（どうしよう、息が――）

いよいよ限界がきて、メイベルは口からごぼりと大きな泡を吐き出した。

途絶えた呼吸は徐々に全身を侵食し、メイベルの視界が霞《かす》んでいく。手足の力が抜けていき、体は折り曲がるようにゆっくりと水中を浮かび上がった。

ぼんやりと周囲を見回すが、やはりアマネの姿はない。

（ごめんなさい、アマネさん……）

メイベルは遠のく意識の中、そっと目を閉じた。

◆

どこかで――ぱしゃん、と魚が跳ねる音がした。

こと切れた人形のように海面下を漂うメイベルの元に、黒い水棲馬《ケルピー》が颯爽《さっそう》と現れる。

もちろんそれは幻獣などではなく、メイベルに降り合うと、すぐに人としての形を取った。黒い髪に黒い仮面を着けたその人物は、そっとメイベルの頬に手を伸ばす。

（……？）

触れられたメイベルはぼんやりと目を開く。

銀色に輝くあぶくの向こうに、ユージーンがいた。

ゆらゆらと揺らぐ髪がとても綺麗《きれい》で、暗い海の中であっても、金色の瞳が月のように輝いている。

（ユージーン、さん……？）

これはきっと、死の間際に見るという夢だろう、とメイベルは思った。

（ちゃんと謝れなくて、ごめんなさい……）

でも最期に思い出したのがユージーンでよかった、とメイベルは微笑む。

すると幻覚であったはずの彼もまた、その美しい目を細く眇《すが》めた。そのままメイベルの頬に手を添わせると、顔を傾けそっと唇を重ねる。

二人は重なりあったまま、ゆっくりと海底に沈んでいく。

こぽり、と溢《あふ》れたあぶくが海面を目指して浮き上がる中、まるで時が止まったかのように、二人は長い口づけを交わしていた。

（……？）

どのくらいそうしていただろうか。

メイベルは自分が息をしていることに気づいた。

もちろん地上にいるような自由さはないが、わずかな呼吸だけで意識を保つことが出来る、とようやく覚醒する。

同時に、ユージーンにキスされていることを改めて認識し、慌てて彼の胸を叩《たた》いた。

すると唇を離したユージーンがにこりと笑みを浮かべ、メイベルを抱いたまま、水面を目指して器用に片腕で水を掻いていく。

やがて船底が見え始めたかと思うと、ユージーンは水中でメイベルを横抱きにし、自らの背に羽を生やした。二、三度羽ばたくと勢いよく浮上し、あっという間に海面を突き破る。

船倉や帆柱の先端までも一気に追い越し、空高くまで飛び上がったかと思うと、水滴のついた白い両翼をばさっと豪快に広げた。

（す、すごい……！）

メイベルは驚き、自分を抱き上げているユージーンを見る。

その髪は濡《ぬ》れて艶々と輝いていたが、ユージーンが軽く頭を振ると、滴っていた水がすべて一瞬で霧散した。同時にメイベルの服や髪も乾き、冷たい海水に奪われた体温が少しずつ戻ってくる。

「悪い、遅くなった」

ユージーンはメイベルの手を取ると、その甲に視線を落とした。薬に抵抗するため、自ら刻んだ痛々しい爪痕を見て、苦々しく眉根を寄せる。

「ユージーンさん、どうしてここに」

「アマネから連絡をもらった。すぐに来い、と」

それを聞いたメイベルは、すぐに海に落ちた彼のことを思い出した。

「アマネさんが、撃たれて……」

「何？」

「多分まだこの近くに――」

しかし探しに戻ろうとする二人を、甲板に立っていたカイリが呼び止める。

「貴方《あなた》が噂《うわさ》の化け物――『仮面魔術師』ですか」

「…………」

下を見ると、彼の配下たちが二人に向けて矢を番《つが》えていた。カイリはユージーンの翼を興味深く眺めると、嬉《うれ》しそうに口角を吊《つ》り上《あ》げる。

「なんて珍しい。生け捕りにしなさい」

その言葉を皮切りに、無数の矢が放たれた。

メイベルは思わず目を閉じるが、矢はユージーンの体に触れる寸前で弾《はじ》かれ、雨のようにぼろぼろと甲板に落ちていく。常識では考えられないその光景に驚きながらも、配下たちはなおも懸命に弓を引き絞った。

だがどれだけの名手が射たものであっても、ユージーンに傷一つ付けられない。

「何をしているのです。相手は人じゃない、多少手荒でも死にはしません」

「し、しかし……」

攻撃はなおも激化し、先端に火を点《つ》けた矢まで飛び交い始めた。

しかし焦りのせいだろうか。互いの射線が邪魔をして、他の船上や港にある倉庫の方に落下していく矢が出始める。

それに気付いたメイベルは、慌ててユージーンを見上げた。

「ユージーンさん、ここを離れないと、港が大変なことに」

「ああ」

だがユージーンが応じた途端、空気を震えさせるほどの巨大な爆発音がした。

いったい何⁉　とメイベルが音のした方を見ると、船首部分に設置されていた巨大な金属の円筒から、白い煙がもくもくと立ち上っていた。

（な、何あれ……）

すると港の方から悲鳴が上がり、湾岸にあった倉庫の一角が大きな鉄球によって破壊されているのが見えた。どうやら先ほどの円筒から射出されたものらしい。

「大砲か。銃とはけた違いだな」

「た、大砲？」

「こちらでは魔道具と投石器が主流だが、向こうの大陸にはそれとは別の技術がある」

続いて二発目。

だがあまり命中精度が高くないのか、砲弾は放物線を描きながら海面へ落ちたかと思うと、高い水柱を上げて消えていく。

そこでメイベルはようやく、眼下で揺れる水面が随分と明るくなっていることに気付いた。

（夜が、明けていく――）

昇り始めた朝日が、海岸線をうっすらと照らし出していく。

空が白んでいくのに合わせて、徐々に矢の勢いが衰え始めた。どれだけ攻撃しようと物ともしないユージーンに、配下たちの方が根負けしたようだ。

そんな部下の体たらくに苛立《いらだ》ちを覚えたのか、ついにカイリ自ら銃を構える。

「情けない。私が手本を見せてあげましょう」

しかしその銃口はユージーンではなく、メイベルに向けられていた。

「化け物に当たらないのなら――女の方を狙えば良いのです」

「……!!」

カイリが口にしたのとほぼ同時に、鋭い破裂音が響く。メイベルはすぐに身構えたが痛みはなく、恐る恐る顔を上げた。

するとユージーンが、メイベルを護《まも》るように自身の身を挺《てい》している。

「ユージーンさん⁉」

「……っ」

だが咄嗟のことで、魔術の効果範囲から外れてしまったのだろう。銃弾が仮面の一部を撃ち砕いていた。

ぱら、と破片が零れたかと思うと、黒い仮面がユージーンの顔から剝がれ落ちる。

「案の定です。次は頭を――」

しかし勝ち誇っていたカイリの顔は、突如ひくりと強張《こわば》った。

彼の視線の先には、ユージーンの輝くような金の両眼。

仮面という枷《かせ》が無くなり、あらわになったユージーンの相貌は——それは美しいものだった。

計算され尽くした完璧な美貌。琥珀色《こはくいろ》の虹彩《こうさい》。

通った鼻筋は薄い唇へと続いており、今は真一文字に結ばれている。

長い睫毛《まつげ》の一本、艶《つや》やかな髪の毛の一房までもが、神に愛されて作り出されたかのようで——とてもこの世のものとは思えない眉目秀麗さに、カイリは一時呼吸を忘れていた。

その直後、彼の周りにいた配下たちが次々と昏倒《こんとう》し始める。

「お前たち、なにを……」

一様に胸を押さえ、体を丸めて苦しむ配下の姿に驚いていたカイリだったが、ついに自らも息苦しさを感じ、たまらず膝をついた。必死に呼吸しようとするが、心臓が激しく拍動して上手《うま》く体が動かない。

おまけに頭の中は、先ほど目にしたユージーンの容貌で支配されていた。

恋情、思慕——と名づけるには、あまりに凶悪で恐ろしい感情に、心と体をすべて奪われる。

「これは……一体……？」

その呟きを最後に、カイリはどさりと甲板に倒れ込んだ。

うずくまる彼の眼前に、メイベルを抱いたユージーンがばさりと降り立つ。動悸《どうき》を堪《こら》えながら必死に顔を上げるカイリを、ユージーンは静かに見下ろした。

「気が済んだか？」

「……っ、あ……」

「お前が望んだ化け物だ。これでもまだ足りないか？」

そう言うとユージーンは、冷笑をカイリへ向けた。

途端にカイリの震えは激しくなり、額や胸からじわりじわりと嫌な汗が滲む。まるで心臓を直接手で掴まれ、潰すタイミングを計られているかのようだ。

さらに恐ろしいことに――ユージーンの両腕に抱き上げられていたメイベルは、その悪魔のような顔がすぐ傍にあるというのに、平然とした様子で彼とこちらを交互に見返していた。

それを目にしたカイリはようやく、彼女に手を出すべきではなかったと悟る。

「どうして、これに、耐えられる……？　信じ、られない……」

やがてカイリは静かに意識を失った。彼の体がわずかに上下しているのを確認し、メイベルもまた安心したように息を吐き出す。

（すごい……素顔を見ると、こんな風になるのね……）

たしかにこれは『惚《ほ》れてしまう』などといった生易しいものではない。もちろん、ユージーンが本気で魅了の魔術を使ったせいでもあるのだが、メイベルは改めてその凄《すご》さを思い知らされた。

だが一息置く暇もなく、メイベルは「ああっ！」と声を上げる。

「ユ、ユージーンさん！　海にアマネさんが！　落ちて！　今すぐ助けないと!!」

「分かった、分かったから少し落ち着け」

腕の中でじたばたともがくメイベルに、ユージーンははあと眉根を寄せた。

◆

カイリたち一味をロープで拘束したあと、仮面を着けなおしたユージーンに連れられて、港の一角にある倉庫を訪れたメイベルはぽかんと口を開けた。

「アマネ……さん……？」

「メイベル！　無事だったか」

そこに座っていたのは、明朗に笑うアマネだった。

上着は脱いでおり、褐色の肩と脇腹に白い包帯が巻かれている。

駆け寄ったメイベルは、腰が抜けたかのようにへたりとその場に座り込むと、手のひらでそうっとアマネの体に触れた。体温を確認したところで、ようやくじわりと涙を浮かべる。

「生きてる……」

「積極的だな。やはりオレの方がいいと気づいたか」

「ち、違います！　でも、無事で、本当によかった……」

泣き笑いのような表情を浮かべるメイベルを見て、アマネは嬉しそうに目を細めた。

愛《いと》しげに彼女の頬に手を伸ばす――がその途中、ユージーンにがしっと手首を摑まれた。

「それ以上は許可してない」

「……こいつ……」

ばちりと火花を散らす二人に気づかないまま、メイベルは溢れた涙を拭って顔を上げた。

「海に落ちた後、いったいどうやって助かったんですか?」

「ああ、それなら――」

「俺が手助けしたんだよ」

誰かが立ち上がる気配がし、メイベルはその正体に再び目を丸くする。

赤い髪に赤い仮面――魔術師ロウが手に煙草《たばこ》を携え、微笑みながら歩いて来た。

「ロウさん? どうしてここに……」

「まあ、意気地のない幼馴染《おさななじみ》を一喝してくれた礼、というのかな」

どこか居心地の悪そうなユージーンをちらっと一瞥《いちべつ》し、ロウは白い煙を吐き出す。

何が何だか分からない、と首をかしげるメイベルを見かねて、アマネが助け舟を出した。

「助けてもらったんだ、魔術で」

「魔術って……ロウさんの?」

「ああ、まだちゃんと見せたことはなかったね」

するとロウは、先ほど吐き出した白煙の残滓《ざんし》にそっと指を伸ばした。

彼の手中に、吸い込まれるようにしてそれが消えていく。

「ローネンソルファ・アントランゼ。元型《アーキタイプ》は『トリックスター』。得意な魔術は――偽物づくりだ」

ロウが手を開く。

その手のひらには小さな白い花が握られていた。

「彼《アマネ》が海に落ちる直前、偽の体を作って水面に放り出した。船上の君たちには、彼が海に落ちたと誤認させ、その隙に救出したというわけさ」

「そ、そうだったんですね……」

「ああ。まったく凄《すさ》まじい技術だ」

はっはと元気に笑うアマネの姿に、メイベルは呆《あき》れたように微笑んだ。

ただ、とロウが紫煙を燻《くゆ》らせながら呟く。

「君の兄さんたちは、間違いなく君が死んだと思っているだろう。つまり君はもう……二度とキィサに帰ることは出来なくなる。死人がほいほい戻ってきては大変だからね」

「……ああ、そうだな」

「ア、アマネさん……大丈夫なんですか？」

不安そうなメイベルをよそに、アマネは一人静かに考え込んでいた。

だがゆっくりと顔を上げると、真っすぐな眼差《まなざ》しで告げる。

「オレはもう、キィサには戻らない」

「……え？」

「キィサの第八王子は死んだ。これからオレは——ただ一人の男として生きる」

決断したアマネの表情は、憑《つ》き物《もの》が落ちたかのように晴れ晴れとしていた。それを目にしたメイベルとロウは、何も言わずただ笑みを返す。

やがて倉庫の外が、にわかに騒がしくなってきた。

（……？　何かあったのかしら）

仮面魔術師の二人を外に出すわけにはいかないし、怪我《けが》をしているアマネも論外だ。メイベルは「少し様子を見てきます」と倉庫を出ると、がやがやとした人だかりの方に向かう。

「あのー、何かあったんですか？」

「メイベル様！　見てくれよこれ」

「これ、は……」

見れば港に並んだ倉庫のうち、一番端にあるものが全壊していた。

その原因であろう、黒々とした鋳鉄《ちゅうてつ》の玉を前に、メイベルは思わず声を上げそうになる。

（これって……大砲の……）

「明け方にすごい音がしたと思ったらこれだ。おまけに火事もあったらしい」

経緯を知っているメイベルは一人さあっと青ざめる。

倉庫の中に収められていた荷物は、砲撃によってめちゃくちゃになっており、さらに巻き込まれた松明《たいまつ》の火が燃え移ったのか、真っ黒い炭の塊と化していた。

かろうじて燃え残っていたものを目にしたメイベルは、震える声で尋ねる。

「これってもしかして……今日の、花の祭典《シャン・ド・フルール》に使う予定の、造花じゃ……」

「そうなんだよ……しかしこの有様《ありさま》じゃあな……」

紙で作られた真っ白な造花。それはまもなく街中に配られ、祭りを彩るためのものだ。

しかしほとんどが燃えてしまい、無事なものは片手で数えるほどしかない。

「まいったな……。今年は花無しでやるしかないか」

「しかしなあ、せっかくの花の祭典《シャン・ド・フルール》だというのに……」

「………」

本来であれば、カイリたちに責任をもって直させるのが筋だろう。

しかしお祭りの開始時刻はもう間もなくまで迫っている。

（どうしよう、な、なんとかしないと……！）

ちょっと待ってください、とメイベルは急いで倉庫に駆け戻った。

「というわけで、本当に、本当に申し訳ないんですが……どうか力を貸していただけないでしょうか……」

「とは言ってもねえ」

殊勝に頭を下げるメイベルを前に、ロウはうーんと渋い顔をした。

「俺の魔術は、量や大きさに限度があるんだよ。おまけにこの国中に行き渡る数の花となると、ちょっと難しいかな」

「そうなんですね……」

「あと、あまり長い時間保てるものでもないんだ。せっかくのお祭りの最中に消えてしまうのは、逆に悪いんじゃないかな」

ロウのもっともな意見にメイベルは肩を落とす。

何の策も講じることが出来ないまま、再び壊れた倉庫の元へと向かった。

（とりあえず残ったものがないか探して、あとは――）

すると倉庫の近くで、何故《なぜ》か人々の歓声が湧き起こっている。

また何か起きたのだろうか、とメイベルが慌てて駆け寄ると、上空に先ほどの鉄球がふわりと浮き上がっていた。

（こ、こんなことが出来るのは……）

メイベルは「すみません」と言いながら人ごみをかき分ける。その先で、右腕を掲げて立っているユージーンの姿を発見した。

「ユ、ユージーンさん！　どうしてここに⁉」

「何って、倉庫を直しにだが？」

「直しにって、で、でも……」

当然周囲には多くの人がいる。仮面を着けているので、魅了の影響は出ていないようだが、そもそもユージーンは人前に出ることをひどく厭《いと》っていたはずだ。

それなのにどうして、とメイベルは目を白黒させる。

その間にも、崩れた倉庫は時間を逆行するかのように組みあがっていき、やがて完璧な元の形に戻った。まるで奇跡のようなその光景に、至る所から感嘆の声が上がる。

「すごいな！　兄ちゃんもしかしてあれか、魔術師ってやつかい⁉」

「ああ」

「はあ……初めて見たが、すごいもんだなあ」

漁師だろうか、体格のいい男性が感心したように息をついた。他の人々の反応も似たりよったりで、噂でしか知らなかった『魔術』とやらを目の当たりにして、恐れよりも驚きが先だっているようだ。

やがてユージーンがメイベルの元に歩み寄る。

「これでいいか」

「あ、ありがとう……。でも良かったの？　人前に出るの、嫌いだったんじゃ……」

するとユージーンは、見上げてくるメイベルから視線をずらすと、ぼそりと零した。

「……お前が、少しでも肩身の狭い思いをしなくなるのなら」

「え？」

「何でもない。それより、あれはさすがに僕でも戻せないぞ」

「あ……」

ユージーンが向けた視線の先には、焼き崩れた造花の残骸《ざんがい》があった。

まだ問題は解決していなかった、とメイベルは眉間に皺《しわ》を刻む——が、ユージーンの顔とわずかに残った花、そして無事だったアマネの姿が順番に脳裏を駆け巡る。

「……そうだ！　あれなら何とか出来るかも……！」

何かをひらめいたかのように、メイベルは大きな目をきらきらと輝かせた。

# 第十二章　誓いの花を、君に

孤児院にいたリッドは、いつもより早く目を覚ました。

同室の子どもたちはまだ眠っており、リッドは物音を立てないように気をつけながら、そうっとベッドから下りる。

今日は花の祭典《シャン・ド・フルール》。

早朝の街が白い造花で埋め尽くされる光景は何度見ても美しく、リッドは祭りの始まりが待ちきれないとばかりに部屋の窓に向かった。

月明かりを遮るためのカーテンを開き、透明なガラス窓をのぞき込む。

すると、綺麗《きれい》な太陽がリッドの目の前に落ちてきた。

「……！」

驚いたリッドは思わず窓を開ける。

地面をのぞき込むとそれは太陽ではなく、鮮やかな橙《だいだい》色《いろ》をした大輪の花だった。

さらに頭上から一つ、二つと別の生花が落ちてくる。

「わあー！　すごい！」

リッドの大きな声に、目を覚ました他の子どもたちもわらわらと窓辺に集まってきた。彼らは上空を見上げると、それぞれ「わー！」「きれーい！」と声を上げる。

子どもたちの瞳に移るのは、青空から零《こぼ》れ落《お》ちる極彩色。

紅、茜《あかね》、深紅、桃、卵色、群青、白――大きさも種類も様々な花たちが、滝のように地上へ降り注いでいた。真珠のような朝の光を浴びながら、ゆったりと波を描くように、花の洪水がイクスの空を覆っている。

「ねえ、あれ鳥さんかなあ？」

やがて子どもの一人が、花波が生み出されている先頭を指さした。

そこにはたしかに白く大きな翼が広がっており、時折ばさりと音を立てている。鳥と思《おぼ》しき何かは、広場の中央にある鐘楼をぐるりと一周したかと思うと、再びリッドたちのいる孤児院の方角へ飛んで来た。

近づいてくるその正体を見て、リッドが嬉《うれ》しそうに叫ぶ。

「あ、メイベル様だ！」

大きな鳥だと思ったものは、背中に真っ白い翼の生えた人だった。

全身は黒で包まれており、顔の半分も何かで隠されている。その腕の中にはこの国の末姫・メイベルが横向きに抱きかかえられており、彼女は膝に溢《あふ》れる花々を楽しそうに手に取ると、そっと地上へと振り撒《ま》いていた。

やがて窓際にいたリッドたちに気付いたのか、メイベルがひらひらと手を振る。その姿を見たリ

ッドは、興奮冷めやらぬといった様子で大きく口を開いた。

「もしかしてあれって『まじゅつし』かなあ！」

「魔術師って、見ちゃダメなんじゃないの？」

「でもメイベル様もいたし、オレたち見たけど何ともないぞ」

「それはそうだけどー」

「なんかメイベル様、嬉しそうだったね！」

子どもたちのきゃっきゃと花の咲くような笑い声が弾む。

するとと騒ぎを聞きつけたのか、孤児院の院長が姿を見せた。子どもたちは取り囲み、先ほど見た『大きな鳥の人』のことを我先にと口にする。

イクスの特別な一日は、こうして賑《にぎ》やかに始まった。

◆

「ユージーンさん、疲れてないですか？」

「ああ」

街の東部に花を撒きながら、メイベルはユージーンに尋ねた。

「まさかアマネさんの花が、こんな形で役に立つなんて」

微笑《ほほえ》むメイベルの手元には、以前アマネが身に着けていた魔道具のペンダントがあった。ただし魔封じの効果は失われており、代わりにユージーンが『転移の魔術』を刻んでいる。メイベルが森を通り抜けるために設置した扉と同じものだ。

一方、アマネの天幕に使われていたもう一つの魔道具は、同様の魔術を施され、今はユージーンの館の外にある氷室《ひむろ》に置かれていた。

氷室には「どうしてもお願い！」とメイベルから頼まれて、断り切れなかったセロが待機しており、その魔道具に向けてせっせと保管されていた生花を投入していく。

するとメイベルが持っている魔道具から、その花たちが出現するという仕組みだ。

「ユージーンさん、今度はお城の方に行きましょう」

「ああ」

羽ばたいていたユージーンがゆっくりと進む方向を変える。

旋回に合わせてメイベルが花を落とすと、下にいた市民たちが歓声を上げた。懸命に手を振ってくる子どもに気づき、メイベルもまた手を振り返す。

するとと子どもの一人が「天使さまだ！」とユージーンを指さした。

背中に生える白い翼は、なるほど宗教画に見る天使の姿にうり二つだ。

「天使ですって」

「冗談じゃない。早く配って帰るぞ」

嬉しそうに微笑むメイベルに対し、ユージーンは不機嫌をあらわにする。

だが仮面で隠せない耳が赤くなっているのに気付き、メイベルは思わず口元を緩めた。

「何笑ってる」

「な、なんでもありません！　あ、ほら、お城はあっちですよ！」

行きましょう、とメイベルが誤魔化すように先を指さす。

ユージーンは大きく息を吐き出すと、長く伸びる両翼をわずかに傾けた。

◆

上空の二人を見ていた街の人々は、驚きと戸惑いを隠せないようだった。

「もしかしてあれが、仮面魔術師ってやつかい？」

「近くで見てしまったが大丈夫なのか⁉」

「というか、何で今年は造花じゃなくて本物の花なんだろうねえ」

すると雑踏の中にいた、筋骨たくましい男が「ああ、それはな」と続ける。

「なんでもキィサの王子とやらが、祭り用の花を燃やしてしまったらしくてな。代わりにメイベル様が花を用意してくださったらしい」

「え、じゃあもしかしてこれ魔術なの⁉　触っても大丈夫かしら？」

気味悪く思ったのか、女性の一人が慌てて花を投げ捨てた。

だが隣にいた女の子がすぐにそれを拾い上げ、「はい」と女性に返す。

「お母さん、捨てちゃうの可哀《かわい》そうだよ。こんなに綺麗なのに」

見れば少女は既にたくさんの花を頭に飾っており、服のポケットにも拾った花を溢れんばかりに詰めこんでいた。自分の娘にたしなめられてばつが悪くなったのか、女性は一度捨てた花を渋々手にする。

にっこりと笑う少女を前に、周囲の人も何となく、花を粗雑に扱うことが出来なくなってしまった。

「まあ見た目は普通の花だし……。お祭りの間だけなら、別にねえ……」

「メイベル様も触っていらしたし、害は無さそうね」

魔術と聞いて臆した面々も、いつの間にか意外と悪くないと口にし始めた。

先ほど花について説明していた男もまた、武骨な手に薄黄の花を持ったまま笑う。

「保管していた倉庫もやられたらしいが、あの仮面魔術師というやつが直してくれたらしいぞ」

「ああ、俺もそれは耳にしたな。一瞬で元通りになったとか」

へえーと大人たちは口を揃《そろ》える。

魔術師は恐ろしいものだと聞いていたが、実際には倒れる人がいるわけでも、呪いをかけられるわけでもない。

おまけに『無理やり婚約させられた』はずのメイベルが、こともあろうに魔術師の腕の中で、幸せそうに微笑んでいる。

その光景を思い出した街の人々は、口には出さないもののそれぞれ思量していた。

「お、そろそろか」

やがて祭りの始まりを告げる鐘の音が、王都全体に響き渡った。

雲ひとつない青空を、キラキラと虹色の粒を落とす巨大な魚が泳いでいく。

極彩色の尾びれをそよがせるそれを、先導するように純白の羽で駆けるユージーン。そんな彼の傍らで花を生み出し、地上へ送り届けるメイベル。

そんな二人の姿は花の祭典《シャン・ド・フルール》にふさわしい――言葉では表せないたくさんの祝福と幸せに満《み》ち溢《あふ》れていた。

「しかしまあ、本当に嬉しそうだこと」

「もしかしたら魔術師というのも、言うほど変な奴《やつ》じゃないのかもね」

王城に向かって飛んでいく二人を見て、街の人々はふふっと顔を綻《ほころ》ばせた。

◆

ほどなくして王城へ着いたメイベルたちは、城下街と同じように花を配っていく。

城門の前や回廊にいた兵士たちは何事かと空を見上げており、中庭には多くの兵士たちが祭りの警備準備をしていた。集団の先頭には長姉・ガートルードの姿があり、指揮の邪魔になってはいけないと、メイベルは一旦花を零す手を止める。

すると足元を走った巨大な影に気づいたのか、ガートルードがその場で空を仰いだ。

「メイベル！」

続けてユージーンに届くように叫ぶ。

「ユージーン殿、今度城にお越しください！　うまい酒を用意します！」

当然のように返事はなく、ばさりと羽音を残したまま、二人は王城の奥へと飛んで行った。その姿を見送ったガートルードはやれやれと片方の口角を上げる。

やがてメイベルが嬉しそうに笑った。

「お姉様、とってもお酒にお強いから、頑張らないとですね」

「……勘弁してくれ」

中庭を通り越すと、メイベルたちが住んでいる城が見えてくる。

見れば薔薇《ばら》の植え込みのところに、両手を振ってはしゃぐ三女・キャスリーンがおり、その隣には彼女の護衛を務めている騎士団長・ゲオルグの姿もあった。

今はその険しい眼差《まなざ》しを、上空のメイベルたちに向けている。

「メイベル！　気をつけてね～！」

メイベルはキャスリーンに手を振り返した後、淡い桃色と濃藍の花を一輪ずつ選び取り、二人に向けて投げ落とした。無邪気に腕を伸ばすキャスリーンの頭上で、ゲオルグがぱしりとそれを摑《つか》み、安全を確認してから手渡すのを見て、メイベルは知らず知らず口元を緩める。

「ありがとう、メイベル！」

声を上げる姉に向けて、メイベルも「頑張って！」の気持ちを込めた拳を高く掲げた。

◆

こうして街中に花を配り終えた二人は、広場の中心にそびえたつ鐘楼へと帰って来た。

塔の一番上は四方が大きく開いており、装飾柱が均等に並び立っている。中央には青銅の鐘がぶら下がっており、静かに次の出番を待っていた。

柱の間に着地したユージーンはメイベルを下ろし、自身の翼も解除する。

「お花も全部なくなったみたい。セロ、ありがとう」

黄色と白の小さな花を最後に、魔道具は輝きを失った。

メイベルが「はい」と両手で最後の二輪を差し出すと、ユージーンはしばらく無言で見つめていたが、不承不承といった様子で黄色い方の花を手にする。

残された白い花を髪に挿すと、メイベルは祭りで賑わう街を見下ろした。

建物や看板には色とりどりの花籠が飾られ、道で笑いあう人々の髪や服にも、同じく生花が輝いている。遠くに目を向けると港に並ぶ帆船の列があり、船の帆柱や甲板もまた、多くの花で彩られていた。

「ユージーンさん、ありがとうございました」

「別に大したことじゃない」

冷たく言い捨てるユージーンに対し、メイベルは嬉しそうに目を細める。

（まさか、本当に二人でお祭りに来れるだなんて……）

いつも、どれだけお願いしても、ユージーンは頑《かたく》なに館に閉じこもったままだった。

でもメイベルが本当に危なくなった時は、いつだってすぐに助けに来てくれる。

崖に落ちかけた時も、ウィスキに捕らわれた時も、カイリに誘拐された時も。

そして——今、この時も。

「あの、私……ユージーンさんに、ずっと謝りたかったんです」

「謝る？」

「私、嘘《うそ》をつきました。本当は……他に好きな人なんて、見つけてほしくない……です」

なんてわがままを言っているのだろうと、メイベル自身も理解していた。

でも——それでもいいとアマネに断言されて、ようやく口にする勇気が湧いたのだ。

「私が生きている間も、出来れば、いなくなっても……。ずっとずっと……私だけを、好きでいてほしい——」

本当にユージーンの幸せを願うなら、こんなことは言うべきではない。

それでも。

「これが私の、素直な気持ちです。あの時は『こうすることが、ユージーンさんのためなんだ』と思って、無理やり自分の気持ちを誤魔化していました。でももう、いい子のふりは、やめます」

「メイベル……」

「こんな私に、幻滅しましたか？」

まっすぐな視線を受け止めながら、「するわけないだろ」とユージーンは静かに首を振る。

「謝るとしたら……僕の方だ。僕と婚約したせいで、お前が『可哀そうな姫君』と呼ばれていると知って……なんてひどいことをしてしまったんだろうと、後悔した」

「ユージーンさん……」

「だから婚約を解消すれば——僕が、いなくなれば……お前は幸せになれるんじゃないかと思って、心にもないことを言ってしまった……」

その言葉を聞きながら、メイベルは胸を痛めた。

やはりユージーンは知っていたのだ。メイベルがどのように噂されているかを。

「そんなの間違ってます。私、ユージーンさんがいないと、幸せになんてなれません」

はっきりと断言するメイベルを見て、ユージーンはふ、と口元を緩めた。

「……あいつの言った通りだったな」

「え？」

「アマネに言われた。『メイベルがそう言ったのか？』——と。思えば僕はただ、現実から逃げていただけだったんだな……」

メイベルはユージーンの幸せを。

ユージーンはメイベルの幸せを。

互いが互いの幸福を願ったはずなのに、それを素直に口にしなかった。

勝手に頭の中だけで考えて、思い込んで——結果として、二人はすれ違ってしまったのだ。

「散々怒られた。お前に肩身の狭い思いをさせるな、と」

「お、怒られ……」

「腹が立ったが、おかげで目が覚めた」

ユージーンはアマネになりたいと願った。

でも実際は思うばかりで、何一つ行動に移してはいなかったことにも気づいた。

変わりたい、変えたいのなら――自分が動かなくては意味がない。

「お前を『化け物の贄《にえ》』なんて言わせない。そのために僕は……変わろうと、思う」

メイベルの立場が悪いとすれば、それは自分の存在が恐怖の対象だから。

ならばユージーンが『恐ろしい魔術師ではない』と国民に伝われば、メイベルに寄せられる奇異の目を、少しでも減らすことが出来るかもしれない。

「簡単なことではないと理解している。それでも僕は……お前の傍《そば》にいたい」

「ユージーンさん……」

メイベルはそんなユージーンの前に歩み寄ると、両手をそっと彼の頬に伸ばした。

「じゃあ、私も頑張ります」

「……？」

「可哀そうな姫君でも、化け物の贄でもないって、ちゃんと反論します。周りに何を言われても、私は、ユージーンさんが好きだって言います」

驚いたように目をしばたたかせるユージーンに対し、メイベルは照れながら目を細めた。そのままユージーンの顔から黒い仮面を外す。

あらわになったユージーンの素顔は、相変わらず完璧な美しさだった。

だが真っ赤になっているその表情は、けっして凍りついた魔性のものではなく――メイベルは心を込めて彼に伝える。

「魔術師でも、人でもいい。私はユージーンさんが好き。いちばん近くにいたいし、ずっと一緒にいたい」

メイベルはそう言うと、黒手袋に包まれたユージーンの両手をぎゅっと握りしめた。

その小さな手の感触を味わいながら、彼もまた愁眉を開く。

「僕も……好きだ。ずっと、傍にいてくれ――」

「……はい！」

やがて二人の影は、静かに重なり合うのだった。


「――ああ、そうだ」

しばらくして、ユージーンは向き合うメイベルの手を取った。そっと開かせると、その中にぽとりと何かを落とす。何だろう、とメイベルが確認すると、そこには白金の指輪が輝いていた。

「遅くなったけど、これ」

「お、覚えていてくれたんですか⁉」

「当たり前だ」

以前アマネから求婚攻撃を受けた時、ユージーンと交わした約束。

メイベルは嬉しさのあまり、その美しい指輪をためつすがめつ眺める。

石座《ベゼル》には氷のように透明な宝石が収まっており、傾けるとカットされた断面に次々と虹色が映り込んだ。よく見ると花の形に細工されており、まるで水晶で出来た薔薇のようだ。

「その石は僕の魔力で出来ている」

「え？」

どこかで聞いたような説明に、メイベルははてと記憶を手繰り寄せる。

しかしすぐに思い出し、蒼白《そうはく》になりながらぶんぶんと首を振った。

「ま、待ってください⁉　それってもしかして、『心』っていうやつじゃ……」

「そうとも言うな」

「こ、『心』って確か、生涯に一度しか作れないんですよね⁉」

「ああ」

「それにたくさん魔力を使うから……魔術師の寿命を縮めて、しまう、って……」

「よく知ってるな。その通りだ」

平然と答える彼に、メイベルは嘘でしょ、と心の中で呟《つぶや》いた。

持っていた指輪をすぐさまユージーンに押し返す。

「も、貰《もら》えないです！　こんな……『心』なんて、いらないです……。それよりユージーンさんに、少しでも、長く生きていてほしい……」

今にも泣きだしそうなメイベルの様子に、ユージーンは自身の手のひらに視線を落とした。戻された指輪を見つめながら、そっと睫毛《まつげ》を伏せて微笑む。

「これは僕の誓いだ」

「誓い……？」

「僕は生き永らえることより、お前と一緒にいることを望む。……お前のいない永遠を生きるより、お前と共に生きる数十年の方が大切なんだ」

メイベルは恐る恐る顔を上げる。視線がぶつかると、ユージーンは安堵《あんど》したように顔を綻ばせた。

まるで年相応の青年のように笑う彼を見て、メイベルもまた笑みを浮かべる。

「メイベル」

「……は、はい」

やがてメイベルの左手を、ユージーンはそっと引き寄せた。

捧《ささ》げ持つように自身の手を下に添えると、その薬指に優しく指輪をはめる。

そのまま目を伏せると、祈りを捧げるように口を開いた。

「僕は生涯ただ一人、お前だけを――メイベル・ラトラ・イクスを愛し続ける。お前がいなくなっても、ずっとずっと思って生きていく。他の誰をも好きにならないと誓う」

最初で、最後の恋にするから。

「だからお前も……生きている間は、僕だけを愛してくれないか」

「…………」

メイベルはその時、自分が泣いていることに気づいた。

次から次へと涙が溢れ、止まる気配がない。

だがそれは悔しさや悲しさを押し流すものではなく、ただただ心が温かく満たされていくような、途方もない喜びによるものだった。

メイベルは返事をしようと口を開くが、上手く言葉が出てこない。

「ほんと、に……」

「うん？」

「本当に、私で、いいの？」

「ああ」

「私、先に死ぬわ。あなたより、ずっと先に」

「……そうだな」

「一人になっちゃうのよ？」

「お前と出会わなければ、元から一人だったよ」

反論を失ったメイベルは、滂沱《ぼうだ》と流れていた涙をようやく拭うと、何度か強く瞬《まばた》いた。

赤くなった目元を隠すでもなく、ユージーンに満面の笑みを向ける。

「――誓うわ。メイベル・ラトラ・イクスは、この命の続く限り……ユージーン・ラヴァだけを愛します」

ようやく得られた答えに満足したのか、ユージーンはメイベルの腰に腕を伸ばすと、力の限り抱きしめた。そのままメイベルの頬に手を添え、顔を傾けて唇を重ねる。

「ん……っ」

大通りは市民たちのにぎやかな声や、通りを走る山車《だし》の喧騒《けんそう》で溢れていた。

だが二人のいるこの空間だけは、それらの音がまったく聞こえてこない。

お互いの呼吸と体温と、息遣いだけが支配する世界に、二人だけが存在しているかのように。

「……っ、ん」

苦しくなったのか、メイベルが小さく息を吐き出した。

ようやくユージーンが顔を離し、メイベルはそろそろと睫毛を持ち上げる。するとユージーンは再びメイベルの体を強く抱きしめた。

「ユ、ユージーンさん？」

「足りない」

「え、あの、」

メイベルの抵抗むなしく、二度目の口づけが下りてくる。

後頭部を押さえられ、逃げ出すことを許さないと言わんばかりの口づけに、メイベルは完全にパニックに陥った。

（ど、どうしよう……！）

考えてみれば、ユージーンはメイベルよりずっと長く生きていて。

もしかしたら、こうした経験にも圧倒的に慣れているわけで――

（私……大丈夫なのかしら⁉）

メイベルは恥ずかしさに耐えながら、懸命に彼からの愛を受け止めるのだった。

◆

やがて花の祭典《シャン・ド・フルール》は終わりを迎え、イクス王国に日常が戻ってきた。

騒動の主犯であったカイリとその部下たちは、しばらくユージーンの魅了が解けなかったらしく、目を覚まさない人やうなされている人などで取り調べ側が困惑する有様《ありさま》だったという。

またカイリが他国からの来賓ということもあり、その罪を問えるのかが問題視されていた。

だが同じキィサの国民であるアマネの従者たちや、事件の一部始終を見ていた港の男たちからの証言もあり、イクスは正式にキィサへ通告。

本国もこの行いを認め、後日多額の賠償金と正式な謝罪を予定しているという。

おまけにカイリについて「メイベルの婚約者として、議会が勝手に呼んだ相手らしい」という噂が広がっていた。議会は当初沈黙を貫いていたものの、そんな恐ろしい国と繋《つな》がりを持つ気か、というお怒りの声が何件も届き、結果イクスとキィサの縁談を諦めざるを得なかったという。

その一方、祭りの際にユージーンの姿を見た人々は「メイベル様は、実は本当にあの魔術師が好きで婚約したのではないか」という話題で盛り上がっていた。

怖い、恐ろしいと思われていた魔術師が自ら姿を現したという衝撃にくわえ、彼の腕に抱かれていた末姫・メイベルがあまりに幸せそうにしていた、ということがいちばんの理由だったらしい。

こうしてたった一晩で『化け物と無理やり婚約させられた可哀そうな姫君』から『最愛の魔術師と幸せな婚約を結んだ姫君』へとメイベルは様変わりしたのだった。

◆

事件から数日後、メイベルとユージーンは港に来ていた。

保存食や荷物を運び込む船員たちの中にアマネの姿を発見し、メイベルは名前を呼びながら大きく手を振る。

「アマネさん！」

「メイベル！」

アマネは近くにいた船員に断りを入れたあと、嬉しそうにこちらに駆け寄ってきた。頭には派手なターバンが巻かれており、元々褐色だった肌は日に焼けていっそう艶々と輝いている。

「来てくれたのか」

「はい。たしか、今日出航でしたよね」

「ああ」

あの夜大怪我《おおけが》を負ったアマネは、ロウの処置が良かったのか驚くべき速度で回復した。

その後自らの素性を隠したまま、海の男たちに弟子入りしたのだ。

「しかし人に使われるというのも、なかなか面白いものだな。下手をするとすぐに怒鳴られるし、オレより小さい奴でも、先輩だと頭を下げさせられる始末だ」

「アマネさんなら、すぐに偉くなっちゃいそうですね」

幸い顔をはっきり知る者がいなかったらしく、アマネはただの青年として働けることになった。

かつての尊大な態度のアマネを思い出したメイベルは、不平を漏らしつつも楽しそうな彼の様子に笑みを浮かべる。

「でも、本当に良かったんですか？　今からでも、キィサに戻る方法を……」

「いいんだ。オレはもう、あの国にも王族にも縛られたくない」

少し不安そうなメイベルに対し、アマネははっきりと言い切った。

海に沈む寸前の壮麗な夕日の色。

そんな彼の瞳には、重たい枷《かせ》から解放された喜びだけが滲《にじ》んでいた。

「……分かりました。応援します」

「ああ」

そう言うとアマネは、メイベルの背後に控えていたユージーンにも目を向けた。

「お前にも迷惑かけたな」

「本当にな」

「そこは嘘でも『そんなことはない』というところだろうが」

アマネが不満そうに唇を尖《とが》らせる。

ユージーンもまた仮面の下で険しく眉を寄せていたが、以前のような嫌悪ばかりではないと、傍らにいたメイベルは察していた。

「まあいい。……元気でな」

「……ああ」

ユージーンのはなむけに短く応じたあと、アマネはメイベルに向き直った。

「メイベル、最後に一つだけ頼んでもいいか？」

「はい？」

「オレはもうキィサの王子でも何でもない。だから——アマネ、と呼んでほしい」

思わず「え、」と言葉を詰まらせたメイベルに、アマネは挑戦的に微笑みかける。

その顔は王族や階級といったしがらみのない彼本来の優しい顔つきで、メイベルは仕方ないとばかりに苦笑すると、そっと彼の名前を呼んだ。

「いってらっしゃい——アマネ」

「……ああ、行ってくる！」

するとアマネはメイベルをすばやく抱き寄せ、その頰に小さく口づけを落とした。

「——⁉」

「おっと！」

驚いたメイベルが抵抗するよりも先に、アマネはさっとその場にしゃがみ込む。

するとその場所に、鋭い風の刃がシュンと飛んできた。

「ふん、甘いな」

「わざと外してやったんだ。メイベルに見せたい光景じゃないからな」

「どうだか」

再びスァンとユージーンの魔術が中空を走り、アマネはひょいと体をそらせる。

背後からユージーンの舌打ちが聞こえ、これ以上被害が広がってはまずいとメイベルが慌てているると、船員の一人が大声でアマネを呼んだ。

「おい新入り！　そろそろ出るぞー！」

「分かりました！　じゃあな、二人とも」

アマネはそのまま桟橋に向かって走っていく。

だが途中でくるりと振り返ると、メイベルたちに向かって大きく手を振った。

「メイベル！　オレは一回り大きな男になって戻って来る！　帰ってきたらもう一度、お前に結婚を申し込むからな！」

覚悟しておけよ！　と闊達《かったつ》に笑うアマネに、メイベルは真っ赤になったまま「無理ですから！」と叫び返すのだった。

◆

「行っちゃいましたね」

「最後の最後までふざけた奴だったな」

アマネが乗った船を見送った二人は、嵐のように過ぎ去った先ほどを思い出しながら、それぞれ複雑な表情を浮かべた。

「私たちも帰りましょうか、ユージーンさん」

「……………」

帰路を促すメイベルだったが、不思議なことにユージーンは足を止めたまま動こうとしない。

それどころか、メイベルの方をじいっと見つめてくる。

「ど、どうしました？」

「……どうしてあいつが呼び捨てで、僕がさん付けなんだ？」

あ、とメイベルは指先で口を押さえた。

たしかにユージーンに対しては、未《いま》だに『さん』を付けたままだ。だが今さら呼び方を変えるのも恥ずかしい、とメイベルはちらりとユージーンを窺《うかが》い見る。

だが彼は無言のまま、メイベルが己の名前を呼ぶのを今か今かと待ちわびていた。

どうやら誤魔化すという選択肢はなさそうだ——とメイベルは観念する。

「ユ、ユージーン……」

「………」

返事がない。まだ呼ばれ足りないようだ。

「ユージーン……」

「…………」

「ユージーン！」

いよいよ顔を赤くしたメイベルが、なかば自棄《やけ》になって叫ぶ。

するとユージーンは自身の口元に手を添えると、堪《こら》えるように笑い始めた。

その様子に「からかわれている」と気づいたメイベルは、くるっと踵《きびす》を返《かえ》すとユージーンをその場に残し、ずんずんと別の方向に向かって歩き始める。

「もう呼びません！」

「冗談だ。悪かった」

ようやく笑いの収まったユージーンがメイベルの後を追う。

穏やかな漣《さざなみ》が、二人の未来を祝福するかのように柔らかく広がっていた。

（了）

あとがき

はじめましての方も、もうご存じの方もこんにちは。

シロヒと申します。

この度は『推定年齢120歳、顔も知らない婚約者が実は超絶美形でした。』を手に取ってくださり本当にありがとうございます！　タイトルが長い!!

こちらの作品は、私が「小説家になろう」に初めて投稿したもので、書籍化という幸運に恵まれましたことを本当に嬉しく思います。

とはいえ書いたのが約四年前ということもあり、なんと資料がほとんど残っておりません！

最近のものであれば結構細かいキャラ設定ややばかった誤字などをメモっているのですが、ユージーンにいたっては「仮面、黒髪、顔がめちゃくちゃいい」としか書かれていませんでした。よくこれで書いたな自分。

余談ですが、ユージーンのいちばんのポイントは一人称が「僕」のところです。

ちなみに『推定年齢120歳』というのは単にイクスに住んでいる期間というだけなので、ユージーンたちはこれより遥かに長い時間を生きています。具体的な年数は控えますが、一応長い順にロウ、ユージーン（この二人の差がだいたい五十年くらい）、割と離れてムタビリス、というイメージです。それなのにこんな高校生みたいな恋愛スキルで大丈夫なのでしょうか、ユージーンは。

一方メイベルは年相応の女の子です。

物語的にはお姉さま方の方がよほどチートなのですが、ユージーンと付き合うならきっとこういう子だろうなあという印象で、結構すぐに設定が固まった子でもあります。

ちなみに（ばかりで申し訳ないのですが）、長姉・ガートルードとその婚約者は、暗殺対象とその暗殺者だった二人が恋に落ちた、というデカすぎる裏設定があります。もうこれで一本書けよと。いったいどこで使うつもりだったのかは定かではありませんが、せっかくなのでここで披露しておきます。

いたるところで男性を魅了してしまう三女・キャスリーンも、なかなか苦労が多い子だと思いますので、この辺りも含めていつか『姉シリーズ』が書けたらいいなと思っています。

あとがき大好きなので一生喋りたくなるのですが、そろそろお時間がきたようです。

改めまして、今回書籍化のお話をくださった講談社様、挿絵の指示がちょいちょいヤンキー漫画になる担当様、貴重な機会を本当にありがとうございます。

また素晴らしすぎるイラストを描いてくださいました先崎《せんざき》真琴《まこと》先生にも、心からの感謝を申し上げます。

口絵もモノクロも本っ当に美しいのですが、特に表紙のユージーンをいただいた時はしばらくそのことばかり考えてしまって、他のことにまったく手がつけられませんでした。

おそらくあの時、私はユージーンの魔術にかかってしまったのだと思います。

読者の皆様もぜひ表紙を直視していただいて、ユージーンの魔術を疑似体験していただけたら幸いです。


またこちらの作品、コミカライズも連載中です！　作画は茜音《あかね》かや先生。

とても可愛らしい筆致で『推定～』のあんなシーンやこんなシーンを最高の形で描いていただいております。漫画アプリ「ｐａｌｃｙ」で先行配信、また「ｐｉｘｉｖ」でも読むことが出来ますので、そちらもご覧いただけるとありがたいです。


最後に、この本を手に取ってくださった皆様に深く感謝申し上げます。

あなたのおかげで、私は大好きな物語を書くことが出来ます。これからも素敵なお話を作れるよう頑張っていきたいと思いますので、応援してくれたら嬉しいです。


それではまたお会いできますことを心の底から祈りつつ。

お付き合いくださりありがとうございました！

なんの取《と》り柄《え》もない
第五王女《だいごおうじょ》・メイベルの婚約者《こんやくしゃ》は……
超偏屈《ちょうへんくつ》な伝説《でんせつ》の魔術師《まじゅつし》、
ユージーン!?
結婚《けっこん》をしても僕《ぼく》は お前《まえ》のために 力《ちから》を使《つか》うことは
絶対《ぜったい》にない
…とな
出会《であ》いも サイアクで
お断《こと》り しようと してたのに…
まぁ
元気《げんき》になったなら よかったです
コミカライズ
①巻《かん》5.30(火《か》)発売《はつばい》!!

心《こころ》を動《うご》かされた
ユージーンから
気《き》づけば
溺愛《できあい》され
始《はじ》めて…!?
お前《まえ》のことを好《す》きになっている
…へ？
……本当《ほんとう》に
一晩中《ひとばんじゅう》そばにいたのか
どうしたら僕《ぼく》を好《す》きになってもらえる？
Palcy《パルシィ》で
毎週土曜日更新《まいしゅうどようびこうしん》
連載中《れんさいちゅう》！
推定年齢《すいていねんれい》120歳《さい》、
顔《かお》も知《し》らない婚約者《こんやくしゃ》が
実《じつ》は超絶美形《ちょうぜつびけい》でした。
［原作《げんさく》］シロヒ ［漫画《まんが》］茜音《あかね》かや ［キャラクター原案《げんあん》］先崎真琴《せんざきまこと》

Kラノベブックスf

# 推定年齢《すいていねんれい》120歳《さい》、顔《かお》も知《し》らない婚約者《こんやくしゃ》が実《じつ》は超絶美形《ちょうぜつびけい》でした。

シロヒ


2023年3月29日第1刷発行

| | |
|---|---|
| 発行者 | 森田浩章 |
| 発行所 | 株式会社 講談社<br>〒112-8001　東京都文京区音羽2-12-21 |
| 電　話 | 出版　(03)5395-3715<br>販売　(03)5395-3608<br>業務　(03)5395-3603 |
| デザイン | 百足屋ユウコ＋フクシマナオ（ムシカゴグラフィクス） |
| 本文データ制作 | 講談社デジタル製作 |
| 印刷所 | 株式会社ＫＰＳプロダクツ |
| 製本所 | 株式会社フォーネット社 |

KODANSHA





ISBN978-4-06-531450-0　N.D.C.913　339p　19cm
定価はカバーに表示してあります




ファンレター、
作品のご感想を
お待ちしています。

あて先
〒112-8001　東京都文京区音羽2-12-21
(株) 講談社　ラノベ文庫編集部 気付
「シロヒ先生」係
「先崎真琴先生」係

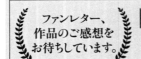